风 居住的天堂

冯翔——著

四川人民出版社

图书在版编目（CIP）数据

风居住的天堂 / 冯翔著. —— 成都：四川人民出版社，2025.1. —— ISBN 978-7-220-13947-5

Ⅰ. I217.2

中国国家版本馆 CIP 数据核字第 2024D2T173 号

FENG JUZHU DE TIANTANG

风居住的天堂

冯 翔 著

责任编辑	王　雪
封面设计	张　科
内文设计	张　妮
责任校对	韩　华
责任印制	祝　健

出版发行	四川人民出版社（成都三色路 238 号）
网　　址	http://www.scpph.com
E-mail	scrmcbs@sina.com
新浪微博	@四川人民出版社
微信公众号	四川人民出版社
发行部业务电话	（028）86361653　86361656
防盗版举报电话	（028）86361653
照　　排	四川胜翔数码印务设计有限公司
印　　刷	成都兴怡包装装潢有限公司
成品尺寸	145mm×210mm
印　　张	10.25
字　　数	255 千
版　　次	2025 年 1 月第 1 版
印　　次	2025 年 1 月第 1 次印刷
书　　号	ISBN 978-7-220-13947-5
定　　价	78.00 元

云朵在暮春里穿行

• 冯飞

1

燕子垭的云朵，和太阳一同从千佛山升起，和夕阳一同从垭子垭隐下。它一年四季轻曼飘渺地盘绕在寨子上。春天阿娜多姿，夏天清新秀丽，秋天变幻万千，冬天则回归苍野，和白雪归于一色。

冬天过得很快，又是一个暮春来临的季节。

八个暮春已飘零，我们又迎来第九个暮春。用"暮"这个字来形容春天，因是在我的心中，这个"暮"是一曲挽歌，乡关迟暮，云愁万里，只是那个在暮春离开的人，不会再回来了。

在即将到来的第九个"暮"春，我们又迎来了《风居住的天堂》这本书的再版。

每一次都不忍翻开它。它不是一本普通的书，它承载着一个羌族作家甜蜜和苦痛的心路，记录下一个已回归天堂的人灵魂深处的独白。天真烂漫的童年、纯真美好的少年；他的爱情、他的故乡、他眷恋的家园；他的爱，他的恨……那一字字用心雕砌出来的世界里，藏着一个羌族汉子坚强而细腻、豪迈而温和的铁血柔情。

我和弟弟冯翔是孪生兄弟，我们永远是一体的。在妈妈肚子里我俩就是头碰头，脚挨脚，亲亲密密在一起。虽然现在一个在天堂，一个在尘世，遥不可及，相遇相见只盼在梦里。但是，我们没有分离，永远不会分离。他那不死的灵魂在我身上，我就是他在这个世界上的影子，我能让他和我一道看这尘世间每一抹朝霞，每一缕夕阳。

2

望乡台是地震后在望得见北川老县城的山口依山势搭起来的一座瞭望台，人们站在这里，可以远远望着已成废墟的老县城，凭吊和祭奠逝去的亲人。"望乡台，望得见悲伤，望得见思念，却望不见故乡。""其实，故乡早已死在我的血液里。骨髓的疼痛，惊醒每个初春的鸟鸣。望乡台，无非是北川人，堆砌伤痛堆积记忆的凉席。"《望乡台》里收录了冯翔在地震后的所有作品。痛彻心扉的失子之痛，对往昔美好生活的无限追忆，对亲人挚友的深深怀念，对家园破碎的凄然无语。

3

弟弟和我，是羌族的子民。

"龙来氏羌黄河头，征程漫漫几个秋。"在岁月历史长河中，我们这支"逐水草而居"的游牧民族，迁徙到川西北高山峡谷地区。悠悠的羌笛，挺拔的碉楼，热情的沙朗，醇香的咂酒；群山逶迤，重峦叠嶂，云遮雾绕，美轮美奂……我们是"云朵上的民族"。

碧蓝的天空，雄鹰展翅飞翔。《蓝鹰草》是冯翔在师范学校读书时出的一本诗集。每一篇章，都是这个羌族少年把自己的心深深埋在诗歌里所写出来的。故乡总让他泪流满面，他在祖先和父辈流淌血汗的故乡成长。

雪山融化，变成潺潺的溪流。故乡的小河清澈而透明，静静地在山涧里奔流。木叶鱼是家乡特有的鱼，弟弟和我小时候总会赤着脚，在小河里搬动那些长满青苔的石头，想把那下面藏着的木叶鱼抓起来，放进小瓶，拿回家养在石缸里。《木叶鱼》集子里收录着冯翔创作的中短篇小说，这些小说以写实的方式描绘着故乡的风土人情和羌族人原生态的生活场景。我们仿佛能在这里看见羌寨的袅袅炊烟，看见他们的爱恨缠绵。

4

"曾经的春逝，成了永远的伤逝……"（冯翔《春逝》）

故乡北川埋葬在 2008 年的暮春里，无数的生命幻化成魂灵在北川那残垣断壁下深深哭泣。弟弟冯翔又在下一个暮春里，亲手把自己埋葬在曲山小学废墟旁倾斜的皂角树下。他用一个羌族血性文人的方式，实现了魂归故里的心愿。他的坟茔并不孤寂，因为他伴着爱子墨墨班上的 43 个小天使，伴着曲山小学的几百个孩子，伴着曾经的那么多同事和朋友，那么多至亲至爱的人……

四月的柳絮不再飘飞，故乡的羌寨再也听不到"嘚嘚"马蹄，在那个暮春，他成了永远的过客，不再是归人。故乡再美，他今生今世永远永远也回不去了……

5

<blockquote>
别再让泪沾湿衣襟

冬天，

正洒下晶莹的雪花

作为春天

我们相逢的祝语……
</blockquote>

这是十五年前，冯翔在《蓝鹰草》诗集的封底上写下的一首小诗。在这个不寻常的冬天，我依然用这首小诗来作为《风居住的天堂》的结语。在来年的春天，希望用这本书，来做我们相逢的祝语。

洁白的云朵，在暮春的天空里穿行……

在这个离暮春不远的冬天里，我们又期待《风居住的天堂》这本书与我们再次相逢。

感谢每一个为《风居住的天堂》出版和再版付出努力和艰辛的人，谢谢你们！

冯飞

2018 年 1 月 21 日修改于成都

目录

望乡台　悼文系列

望乡台（诗歌）　　　　　　　　　/ 003

苍山残月的剪影（组诗）　　　　　/ 006

孩子，天堂里没有地震　　　　　　/ 017

思念永存，生活继续　　　　　　　/ 020

两只苦难的蝴蝶　　　　　　　　　/ 022

三个亲人的"5·12"　　　　　　　/ 026

永生难忘的黑色时刻　　　　　　　/ 031

死者长已已　生者长戚戚　　　　　/ 039

深秋故乡行之旅程　　　　　　　　/ 043

秋埋曲城　　　　　　　　　　　　/ 048

江西福建疗伤纪行　　　　　　　　/ 052

春　逝　　　　　　　　　　　　　/ 054

一束紫玫瑰　　　　　　　　　　　/ 061

回望与铭记　　　　　　　　　　　/ 067

43 个天使，你们在天堂快乐吗? / 075

暮冬琐事 / 078

爱，在灾难中彰显和传承 / 084

子殇行 / 095

那一夜、那一月、那一年、那一世…… / 101

春之断章 / 103

清明，来自天国的电话号码 / 106

清明，记忆的碎片 / 110

幽州燕郡行 / 112

我只告诉您三点 / 114

很多假如 / 116

木叶鱼　　中短篇小说

木叶鱼 / 121

木玛的寒冬 / 134

河流　泪流 / 154

摇　哥 / 164

尴尬的时事播报员 / 174

大贵送礼 / 177

云流为谁停　羌寨随笔

云流为谁停 / 183

村西古槐 / 188

小寨秋行 / 192

小镇夜巡 / 194

母亲的村庄 / 196

父亲与手机的故事 / 198

寂寞的、凋零的鲜花 / 200

风筝的故事 / 203

蓝鹰草　　诗歌集萃

禹　祭　　　　　　　　　　　　　/ 207

回望村庄　　　　　　　　　　　/ 209

周末校园黄昏素描　　　　　　　/ 211

拜　献　　　　　　　　　　　　/ 214

思念心绪　　　　　　　　　　　/ 216

关于秋天的话题　　　　　　　　/ 217

鼓瑟而歌　　　　　　　　　　　/ 220

灵魂的拷问　　　　　　　　　　/ 223

红　云　　　　　　　　　　　　/ 225

秋天的旋律　　　　　　　　　　/ 227

挥　别　　　　　　　　　　　　/ 229

烈　酒　　　　　　　　　　　　/ 230

母亲·大山　　　　　　　　　　/ 232

无　题　　　　　　　　　　　　/ 234

三月诺言　　　　　　　　　　/ 236

断层的河　　　　　　　　　　/ 238

心　语　　　　　　　　　　　/ 240

黑夜的灯盏　　　　　　　　　/ 242

夕阳如歌　　　　　　　　　　/ 244

河流·泪流　　　　　　　　　/ 246

飘雪的日子　　　　　　　　　/ 248

如果有梦　　　　　　　　　　/ 250

寂寞星辰　　　　　　　　　　/ 252

错　过　　　　　　　　　　　/ 254

守候诗句　　　　　　　　　　/ 256

背　影　　　　　　　　　　　/ 258

走出孤独　　　　　　　　　　/ 260

泪亦沧桑　　　　　　　　　　/ 261

流浪的情歌　　　　　　　　　/ 263

据守在思念的边缘 / 265

阳光穿过手掌 / 267

北部情诗 / 269

秋 夜 / 271

暮秋的阳光 / 273

故 原 / 275

五月 流淌幸福的季节 / 276

错 误 / 278

羌山秋韵 / 279

思 念 / 281

向上飘落的雨滴 / 282

后 记

/ 292

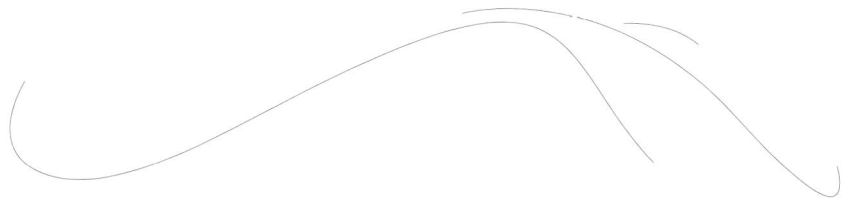

望乡台

悼文系列

望乡台（诗歌）

——清明即至，谨以此诗献给我遇难的爱子、亲人、
　　同事、学生、朋友

望乡台，望得见悲伤，望得见思念，却望不见故乡。

——题记

发表时间：2009 年 03 月 30 日　16：10

（一）

伏在暮色里

梅子时节的雨水伴着我

望乡台啊　我站在这里望乡

虽然站在这里　看得见故乡

却无法用手抚摩故乡的苍凉

故乡　死亡在那个五月的午后

天空流血的太阳

是故乡死亡最后的眼睑
湔江堆成高高的堰塞湖
是故乡遗留最后的眼泪

我的爱子瀚墨
用七年纯真的光阴
为故乡的死亡　登上祭奠的圣坛
对我而言　他死亡还是活着
终究是我每个夜晚的谜团

　　　（二）
故乡　死亡在那个花开的暮春
我的同事
匍匐在每一片废墟
故乡既然无法离开　那就紧紧
拥抱
明年废墟的花开
定然有他们的睫毛
附着在每一朵花蕾之上

故乡　死亡在那个忧伤的山谷
巨石垒坟　尘土作墓
我的学生　二十四个冰冷的名字
把春天　思想　年轻的身躯
留在山谷的高楼之下

你们尸骨无存　而梦想不朽

　　（三）

其实　故乡早已死在我的血液里

骨髓的疼痛　惊醒每个初春的

鸟鸣

望乡台　无非是北川人

堆砌伤痛堆积记忆的凉席

哭泣　把望乡台的名字涂抹成墨

色一片

思念　把望乡台的身躯缠绕得消

瘦无比

回忆　把望乡台的未来撕裂得支

离破碎

我们在这里望乡

其实

我们望不见故乡

只望得见悲伤

备注：此诗入选《剑南文学》"5·12"周年特刊

苍山残月的剪影（组诗）

——献给北川 "5·12" 大地震中的遇难同胞

发表时间：2008年10月14日　16:24

前记："5·12" 大地震，震惊全球。北川，"5·12" 大地震的极重灾区，温家宝总理曾说：震在汶川，伤在北川。地震发生后，胡锦涛总书记、温家宝总理数次亲临灾区，指导抗震救灾。豪爽的山东人民也积极伸出援手，支持北川灾后重建。近日，应《山东文学》约稿，写作了组诗《苍山残月的剪影》，以此告慰北川大地震的遇难同胞。

羌山之殇

曾经的湔江
映照巍峨的羌寨
曾经的羌风
沐浴古朴的碉楼
曾经的篝火

点燃豪放的沙朗

曾经十六万淳朴的羌人

构成古韵悠扬的北川

北川　曾经幸福的家园

在突如其来的黑色日子

被蹂躏得支离破碎

那本是阳光明媚的下午

山腰的油菜花闪着绿香

街道的商铺歌声悠扬

校园已是书声琅琅

上班族行色匆匆

初夏的阳光

将县城装饰成靓丽的织锦

十四时二十八分

大地发出恐惧的啸叫

山谷被巨手无情揉捏

老街　那承载着无数北川人

过去、现在、未来

希望、憧憬、梦想的坚实港湾

县医院　司法局　法院

财政局　教体局　文化馆

曲山小学　曲山幼儿园

被垮塌的王家岩干净彻底掩埋

无数同胞来不及撤离　奔逃　呐喊
无数鲜花般的生命凋零暗淡

我看见了新街的哭泣
宽阔的禹龙大道
被滚落的山石拦腰砸断
高耸的标志建筑信用联社
轰然倒塌烟尘四起
白石巷　羊角街
并不因为名字的优美动听
逃脱劫难

我看见了无数同胞
在残垣断壁间挣扎
在遍地瓦砾中呻吟
我看见了殷红的鲜血
把透亮的太阳抹得漆黑

我认不出
这是曾经郁郁的故园
废墟下　埋葬着两万
曾经见面的亲人朋友
素昧平生的同胞
他们早已忘却了痛苦
痛苦还长留在人间

留在亲人们辗转难眠的夜晚

梦再回不到从前
回不到老街茶楼的醇香
回不到农贸市场板栗的滚烫
回不到老影剧院前篝火熊熊
回不到禹乡广场上羌歌飘荡

我曾以为
奔放的沙朗能抵御一切灾难
吉祥的羊头能昭示美好未来
淳朴的民风能保佑羌乡平安
我总以为
这是一场噩梦
梦醒后故园幸福依旧

大地震
载不动北川苦难
堰塞湖
渗不尽羌人血泪
伤痛　回忆　与我一道
将跟随这个古老的民族
怅然而往

子归吟

——谨以此献给在"5·12"大地震中遇难的爱子冯瀚墨

残月

将暮秋的冷辉

倾洒在废墟之上

废墟中

我的爱子躺在不知名的角落

动听的儿歌

永远不再吟唱

苍山

依旧把废墟浓重的剪影

一丝丝割裂　覆盖在

忧伤的湔江河畔

压在我流血的胸膛

无数次　在梦中

遥看你扇动洁白的羽翅

飞向了天堂

我知道　爱子

你是我们憧憬未来时

上帝派来的天使

七年的缘分已尽

七年的假期已到

你也得离开给予你忧伤的人间

回到幸福的天堂

既然决绝

你看不到

爷爷奶奶一夜白头

你听不到

爸爸妈妈夜夜悲鸣

去往天堂的路途太窄太远

所以你那般匆忙

楼下的童车蜷缩在角落里

客厅的遥控汽车形影孤零

书房的课外书满是灰尘

甚至坍塌的教室里

还有你的课本、文具

天堂有鲜花、蓝空

没有恐惧和地震

更没有痛苦和孤寂

这些　你决绝地留给亲人

我时常遥望灰暗的星空

我能想象

天堂里

你和班上四十二名同学

快乐地游戏、学习、生活

爱你的老师们　不离不弃

用身躯保护着你们

牵着你们的小手

在天使的花园里快乐徜徉

每个日落西山的黄昏

每个冷雨飘零的寂夜

当寒辉映满北川峡谷的深涧

当秋风扫荡苍山孤单的身影

我嘶哑地吟唱思子的歌谣

只有山谷　回音缥缈

百日北川

我记得

我们记得

那天黑云低垂

那天寒风斜吹

那天

滂沱的大雨

将北川洗刷得干净无尘

逶迤不断的人群
提着黑色的胶袋
装着鞭炮、纸钱、香、蜡
沿着乱石密布的三倒拐
一步一步蹒跚前行

亲人啊
我们回来了
带着无尽的苦痛
带着难言的思念
带着满襟的泪水
带着你们听不见的问候
回到你们的身边

王家岩巨大的废墟上
景家山砸毁的小河沟
龙尾山冲毁的铁索桥
处处是你们亡灵所在

我们点燃纸钱
烟雾缭绕整个县城
我们点响鞭炮
巨响传遍整个山谷
长眠的亲人啊
此刻与你相伴

静静地站着　捂着脸跪着
不同的姿势
传递着相同的情感　思念

一百天　漫长苦痛的日子
我们没有忘记你们
与县城相拥长眠
一百天　流离颠沛的时光
我们没有忘记你们
无数次在梦里相见

你们看见吗
乱石丛中　老人丧子的孤独背影
你们看见吗
教学楼前　父母哭泣得肝肠寸断
你们看见吗
断壁前　儿女深情的呼唤

雨滂沱不停
我们知道
那是你们在天堂
凝望我们的眼泪
亲人们　别伤心哭泣
每年的五月十二日
我们会不约而同

回到这里　永恒的家园

与你们重聚

北方　今夜有雨

雨水淋燃广场丰收的篝火

雨水淋响老街黝黑的锅庄与沙朗

雨水中

吊脚楼与羌笛

生长成一颗透明的月亮

北方，今夜有雨

它亲吻废墟每一寸地方

雨水中肯定　有许多行

长眠亲人流淌的泪

故园散乱残破的栅栏

缠绕今夜不眠的小窗灯火

往事便顺着雨织成的帷幕

在屋檐下

走来走去　忽高忽低

我许多次被风吹干的躯体

被雨水浸泡得

丰满而晶莹

在铭刻痛苦的词语下面
在想象的雨水中开始超越
只剩下一颗头颅　伴随
一颗从草丛里升起的太阳

就这样漂泊或者停留
流放往事冶炼出的泪水
也许还需流浪
也许还要在有雨的日子
想象北方

遥远的故园

从秋菊的凋零中回头
消失的足音　从故园的废墟里
渗透大雁南归　霜花漫野的时节
缓缓向我灵魂走来

立于异乡的云朵之下
漂泊使我把家园
抽象成一种无言的思念
往往从寂夜里　从血液里涌出
开始不停地歌唱

孩子，天堂里没有地震

——献给在北川地震中遇难的爱子冯瀚墨

发表时间：2008 年 5 月 21 日

儿子，我最爱的儿子，九天过去了，我和你的妈妈依然不知道你被掩埋在曲山小学废墟下的哪个地方。我们无数次前来找寻，我们带着希望而来，带着绝望而去。我们知道，你要决绝地离开，回到天堂。

儿子，我最爱的宝贝，天空又开始飘着细雨，你躺在冰冷的地下，不知道冷不冷。每当夜晚来临的时候，我担心你，孤零零地躺在那里，怕不怕。

儿子，你走了，带走我们所有的希望，带走我们赖以生存的幸福。你的妈妈，天天以泪洗面，你的爸爸，悲痛欲绝，我们还不敢把你离去的消息告诉最疼爱你的爷爷，我们还瞒着他。如果他知道自己最爱的孙儿，如今已阴阳相隔，不知道该遭受怎样的创伤。

孩子，我最亲爱的孩子，爸爸妈妈无时无刻不在想你，在盼你归来，但我们知道，你永远回不来了，你到了天堂，那里有鲜花，有蓝空，只是没有恐惧的地震。孩子，你回不来了，你曾经温馨的家如今已经倒塌在废墟里。

瀚墨和奶奶、堂
妹瀚影在一起。
2007 年冬摄于冯翔家

你妈妈说，你是上天安派给我们的小天使，七年里，你带给我们无数快乐和欢笑，你带给我们对未来的无数憧憬和规划。也许，上天只给你准许了七年的假期，时间到了，你就毫不犹豫地离开了我们，回到了天堂。

知道吗，孩子，你离开之后，你的奶奶、外婆、外公、伯伯、姑妈、姨娘、舅舅，肝肠寸断，痛不欲生。谁都不能相信，我们最爱的瀚墨，走了，永远地走了，连一句再见也不说出。

儿子，从出生以来，你就是我和你妈妈的骄傲。你健康、活泼，不吵夜，不害大病。

儿子，从出生以来，你就是爷爷和奶奶的宝贝。你爱他们，他们也爱你。上幼儿园时，老师发了奶，你吵着要给爷爷奶奶喝。爷爷奶奶说，瀚墨是个孝顺的孩子。

儿子，从出生以来，你就是外婆外公的心肝。外婆外公到家里来，你给他们拿水果，端茶。外婆外公说，瀚墨是个懂事的孩子。

从幼儿园到小学一年级，你聪明、伶俐，成绩优秀。老师爱你，喜欢你。半期考试，你每科都是 99.5 分，大家取笑你叫冯 99。

一边写，我的泪水一边不住地流。还有许多写给你的话，孩子，等父亲心绪平静一些之后，再说给你。儿子，我最爱的儿子，愿你在天堂活得快乐，因为，你们班里，还有 42 个孩子，与你一起，共入了天堂。

后记：一场地震，痛失家园，痛失爱子，悲伤满怀，值爱子八岁生日将至，特将地震九天后写给儿子的文章刊发，以示纪念。

思念永存，生活继续

——"5·12"大地震之后重开空间前记

发表日期：2008 年 09 月 26 日   12:44

　　"5·12"大地震之后，丧子之痛不分白天黑夜，不管晴天雨天，总是无休止地折磨着我。回忆、思念、痛苦，占据着我生活的绝大部分空间。我曾经一度对未来、对生命产生绝望。我怕动笔，怕再勾起那些撕心裂肺、刻骨铭心、肝肠寸断的回忆。我永远停用了我以前的博客，我永远停用了一个曾经用了七年的 QQ 号码，并把它送给远在天堂的儿子。

　　虽然伤痛长在，虽然思念永存，但生活还得继续。在我最无助的时候，我的父母、姐姐、孪生哥哥，我的岳父母、姨姐，我文学界的朋友、新闻界的朋友、书法界的朋友，以及我远在各地的朋友，给予我生活上的帮助和精神上的安慰。因此，虽然步履维艰，虽然伤痛满怀，我还是得坚强起来。

　　我的妻子，虽然地震重伤在身，虽然同样承受丧子之痛，但在我的眼里，她比我更坚强，比我更伟岸（有关她的地震经历将在我以后的文章中详叙）。我又怎能总是沉沦于无尽的痛苦和回忆之中呢。

许多朋友都替我遗憾，说我是北川地震的亲历者，怎么不拿起自己的笔，做一个忠实的记录者呢。闻听此言，我无语，我自责，我惭愧。

是的，伤痛不会因为时间的消逝而减轻，思念不会因为时光的飞逝而消退。在伤痛中纪念我的那些亲人，在思念中回忆这场地震，是我不得不做的事情。因此，我开始寻找空暇时间，开始书写这场灾难，这场苦难……

不过，唯一值得欣慰的是，在这三个月的时间里，我的中国第一部羌族乡土风情小说《策马羌寨》（20万字）已经完成初稿，现正在最后的修订中。另一部反映北川大地震的纪实文学作品《天堂或者人间　父母或者宝贝》已进入写作程序。

是的，大地震载不动北川苦难，堰塞湖渗不尽羌人血泪。但一部充满血泪的羌族史，也是羌人不屈不挠、勇于抗争的英雄史诗。谢谢你们，我的亲人，我的朋友，一个坚强的我，必将站立在你们面前。

两只苦难的蝴蝶

蝴蝶没有在五月鲜花盛开的原野上飞舞，而是折断了翅膀，躺在废墟之上。

——题记

发表时间：2008 年 09 月 28 日　11:04

因去年的一件事情，我认识了在"5·12"大地震中遇难的一对母女：三十岁的张莫会，七岁的女儿李雯佳。说起来，不幸总是和张莫会联系在一起，苦难总像藏在夏天草丛中的蝇蚊，赶都赶不走。

2007 年 9 月 15 日，张莫会的丈夫，时任北川桃龙藏族乡副乡长、武装部部长的李顺富，出差到绵阳接花椒种子，准备把致富的希望带给桃龙乡的父老乡亲。命运并不眷顾你在为谁做什么，为谁操心什么，在回北川的途中，突遇车祸，年仅三十三岁的李顺富失去了宝贵的生命。李顺富的事迹感染着北川 16 万羌汉群众，县委决定，一定要把李顺富的先进事迹挖掘出来，作为乡镇干部躬身基层、甘于奉献的典型。我是宣传部新闻办的宣传干事，也是《绵阳日报》的驻县记者，这个任务自然就落在了我的头上。

9月的北川，虽然秋天丰收的气息包裹着整个山寨田野，但连绵的秋雨仍然衬托着一丝丝伤感。那段日子，我和广电局的记者，跋涉在桃龙的村道农舍，倾听淳朴的农民讲述李顺富平凡而感人的事迹。我们认真地记录着，真诚地感动着。

也就在这时，我认识了张莫会母女。张莫会是小坝乡政府的办公室干部，女儿李雯佳在小坝小学读一年级。采访张莫会是工作必需，也是一件非常残忍的事情。那是个阴霾的秋日，我们终于找到了张莫会。一说起李顺富，张莫会的脸色马上阴郁起来，泪水像断线的珠子，不停地滴落，打湿着地面，也打湿着每一个人的心。

张莫会最初给人的印象是柔弱，可能是因为中年丧夫的缘故，原本就瘦弱的她，据说在五天之内就瘦了整整十斤，整个人像一棵弱不禁风的柳树，一阵狂风、一池洪水就可以将她冲倒。她用最朴实的语言回忆与李顺富十年的感情交往，十年点点滴滴的平凡生活。叙述中，感伤与思念总是贯串其中，也在那时，我深刻体会到失去亲人的打击是何等巨大。

轮到采访李雯佳时，更难进行下去，一说起自己的爸爸，小雯佳就开始哭起来，声嘶力竭地要找回自己的爸爸。那撕心裂肺的叫喊撕裂着每个人的心，广播局的记者小张也泪流满面，不停地用纸巾擦拭红肿的眼睛。后来，小张试着和小雯佳做朋友，带她到街上买零食，给她讲故事。小雯佳毕竟是小孩，等到心情好转之后，便断断续续地讲述着爸爸对自己的好。虽然采访是工作，但与张莫会母女接触之后，我仍然被她们柔弱身体里蕴藏的坚强所感动。

采写的材料得到了县委领导的首肯。北川开始了新中国成立以来最大规模的本土英雄的宣传攻势，省市电视台、报纸的记者蜂拥而至，开始报道李顺富的先进事迹，我也一次又一次带着他们前去桃龙，去找张莫会。时间的推移让张莫会的心情好了许多，也能够应付自如地回答记者的提问，配合他们的拍摄。张莫会说，宣传好自己丈夫的事迹，也许是对他最好的安慰和祭奠。除了报刊、电视台的宣传之外，北川还专程举办了李顺富先进事迹报告会。张莫会作为报告者之一上台做了朴实精彩的报告，台下的女人们也配合着张莫会，一次又一次痛哭失声。

报告会结束，宣传由高潮逐渐趋于平静，所有与张莫会接触的人，都默默地祝福她们母女俩平安幸福。没想到，一周之后，儿子放学回来，惊奇地跑来告诉我："爸爸，我们班上又转来了一名学生。"中途转学，在儿子眼里的确很稀奇。我问他："叫什么名字呢?"儿子答不上来，有些气馁地说："我也不晓得，反正是个女生。同学说她爸爸死了。"对儿子这句话我有些不满意，把他拉到身边说："墨墨，同学是个女生，爸爸又死了，千万不要欺负她。"儿子似懂非懂地点点头。第二天，儿子回来，如释重负地告诉我："爸爸，这个女生叫李雯佳，是小坝的。"原来是小雯佳，看来这个苦难的孩子是想离开伤心的小坝，到县城来平息心情。

第二天，我在单位说起这个事情，王建部长说："县委领导为了照顾她们母女俩，已经把张莫会调到县社保局上班来了。"哦，我反应过来，感到一种欣慰，为县委领导的开明和亲民，为张莫会即将开始的崭新生活。

县城曲山，小巧精致，我上班的县委与张莫会上班的社保局在同一条街道上，我经常在上下班途中遇见她。张莫会的气色好了许多，才开始碰面，她总是不停地感谢我对李顺富的宣传，弄得我挺不自在。后来，她开始说起她近期的生活，调到北川之后，她在县城老区的农贸市场租了房屋，女儿也转学下来。说这些话时，她的眼睛明亮了许多，开始了对未来、对崭新生活的向往和期待。

后来，在一次家长会上，她蓦然发现我也在场，很是惊讶。我说，我的儿子也在一年级一班。张莫会很高兴，说，以后我女儿要是学习吃力的话，一定请你儿子帮帮。在很多人眼里，一班的学生，总是精挑细选过的。

日子要是一直平静如水，我想，张莫会母女，一定能忘记所有忧伤，开始新的生活。但是，残酷的命运之神，总是与这对苦难的母女过意不去。5月12日，大地震发生后，一年级一班44个孩子，除了一个幸运的任思宇之外，其余的43个孩子，永远沉睡在了那片巨大的废墟之下，这些孩子里面，就有这个叫李雯佳的可怜的孩子。

地震之后的几天时间里，趁着下午的空隙，幸存的家长们，在废墟之上沙哑地呼喊着自己孩子的名字。我也强忍着痛苦，在每一块砖石下，搜寻自己孩子的踪迹，在零零落落的家长中，我没有发现张莫会的身影。我的脑海里闪现过一丝不祥的预感，然后，我安慰自己道，也许她受伤了，现在躺在医院里接受治疗；也许，她现在撤离到了九洲体育馆，还未从惊恐中回过神来。我不相信，死亡之神难道会那样残忍，对这对苦难的母女紧追不放吗？

几天之后，我托在社保局的朋友打听张莫会的消息，朋友沉默了许久，才哽咽地说："当时她在上班的途中，遇难了。"我颓然地坐在椅子上，眼泪不由自主地流淌了下来。

我在想，是不是死亡之神，见他们三口之家总是这样阴阳相隔，而要让他们在天堂团聚呢？这个答案也许是对的，也许，李顺富早就在天堂的入口处等候她们母女俩的到来，他们也许早就团聚了。在每个清晨，或者日暮，霞光漫天的时候，他们三口之家，手拉着手，快乐地徜徉。

三个亲人的"5·12"

初夏的五月，宁静的北川，死神狰狞地看着我的亲人。

——题记

发表时间：2008 年 09 月 28 日　11:28

这次地震，我能够毫发无伤地从废墟中爬出来，用妻子的话说，那叫奇迹。五个不可思议的巧合，我都精确地遇上了，所以才能成为北川大地震的其中一个幸存者。这些奇迹我会在以后的篇章中专门叙述。可惜，我的三位亲人：二姨、表妹和外甥，却没有这样的幸运，他们与我的儿子一样，都永远地沉睡在了北川老县城的那片废墟之下。

大地震之后，通过与幸存的二姨父、妹夫的交谈，我还原了他们在 5 月 12 日，最后半天的生命轨迹，也算是对他们的一种祭奠和纪念吧。

二姨叫杜明华，她有着一个与其他北川妇女同样普通的名字，也过着同样普通平凡的生活。20 世纪 70 年代，二姨生下我两个表妹，朝霞和彩霞，放弃了乡村的生活，来到了北川县城。应该说，她非常喜欢当时还很朴素，甚至可以说是有些寒酸的县城。姨父在县木材加工厂工作，微薄的工资养活四个人，的确显得很困难。但是，二姨想得出办法，每到夏天，她就到茶厂去打工，秋天去私人的工厂砸核桃，用自己更微薄的收入来补贴家用。其实，我知道，她如同许多普通妇女一样，守护着、享受着一家人平平安安、踏踏实实的小日子。后来，生活逐渐好转，两个女儿出嫁，姨父工资逐渐上涨，女儿女婿的孝敬，让二姨充分体会到平实日子的好处及温馨。今年年初，二姨在两个女儿的资助下，凑了八万块钱，在老县城的医药公司家属区里买了一套八十平方米左右的商品房，这么便宜，得益于房屋主人在绵阳买房，急于抛售。二姨非常高兴，认为捡了一个大便宜，其实，她不知道，她捡到的，是一个谁也无法预料的大灾难。

　　5月12日，这是一个普通的日子，或许每个北川人都这样认为。二姨在6点钟霞光满天的时候就早早起床，在厨房里忙碌地熬稀饭，然后到街上去买馒头。其实，这是每个星期一她习以为常的事情。等到丈夫和外孙李禹恒吃完饭，二姨又将外孙送到学校。9点半，二姨提着菜篮，到市场去买菜。此时的北川县城，开始迸发出活力，街上车水马龙，市场人声鼎沸。按照姨父的说法，这天二姨肯定遇到了熟人，而且闲聊了很长时间。因为，等姨父从电站值班回来，以往的话，二姨早就做好了饭菜，而今天，米才刚下锅。二姨边洗菜还边感叹："还是我们的两个女儿孝顺，以前和我们住在一起的陈大姐，今天在市场，一说起媳妇，就开始哭起来，唉，现在的年轻人。"二姨说得没错，女儿们确实孝顺，并且在下午2点48分之后，她的大女儿怕她寂寞，也急急忙忙地搭乘上死亡列车，要在天堂照顾她。

二姨的大女儿叫蒲朝霞，比我小两岁，但比我悠闲惬意得多。她曾是县水磨漆厂的工人，没有工作两年，工厂垮了，表妹成了无业游民。但这些并不妨碍她享受高质量的生活，妹夫在电力公司工作，工资高，福利好，养活一家三口绰绰有余，因此，表妹顺理成章地过起了家庭主妇的日子，为读二年级的女儿做做饭，给经常下乡的丈夫洗洗衣服，剩下的时间，逛街和打麻将成为她最常态的生活。5月12日的早上，表妹也不例外，等女儿吃饭上学之后，她精致地化了妆，熟练地挎上包，邀约起楼上的好姐妹金燕一起去逛街。形容好兄弟、好姐妹，人们总爱用一个形容词，生死不离。这点，我的表妹和金燕是以生命的代价来诠释友谊的可贵。她们逛了哪些地方，现在已经不得而知，但可以肯定，老街电影院旁边的时装店，她们肯定去过，十字路口卖紫玫瑰的小贩，她们肯定看到过，甚至于荣森酒店旁边的饼子摊，因为味道好，久负盛名，她们爱吃，可能也去过。人世间最后的一个上午，她们肯定过得快乐，并没有因为死神的如影相随而显得粗糙。

中午，二姨曾经打电话给我的表妹，叫她过来一起吃饭，表妹婉拒了母亲的邀请，因为这个时候，金燕的妹妹妹夫到北川来办事，金燕理所应当地做东请客，表妹作为陪客必然也会盛装出席。那个中午，她们在老街上十字口右边的唐二酒家吃饭，一共八个人参加了宴会，最后只有表妹的女儿幸运逃脱。

我的另一个表妹蒲彩霞的儿子李禹恒，就没有这么幸运了。5月12日，距离李禹恒的七岁生日还差一天，在5月11日，李禹恒就吵着要蛋糕，蛋糕对每个孩子来说，那是生日最重要的标志，二姨许诺第二天买回来，李禹恒就开始期待美味的蛋糕。12日中午放学回到家里，李禹恒放下书包，就向外婆要蛋糕。蛋糕的事情，二姨已经忘记到九霄云外了，二姨把所有的关心转移到了可怜的陈大姐身上。

墨墨和恒恒的快乐合影。
不过他们都去了幸福的
天堂，把痛苦留给了在
人间的亲人们。
2006 年 9 月 5 日摄于表妹家

辛辛苦苦的期待，转眼成为泡影，李禹恒的失望可想而知，李禹恒倒在沙发上又哭又闹，二姨先是耐心地去哄，拿着好吃的水果，端上香喷喷的饭菜，可惜李禹恒并不领情，依旧哭闹不已，也许二姨还在为陈大姐伤心，也许被折腾得没有了耐性，两把扯掉腰间的围裙，躲到屋里生闷气去了。

一直以来，李禹恒就是二姨最疼爱的宝贝，藏掖在心的最深处的珍宝，不知道为什么，这天中午婆孙俩发生了不愉快。二姨关上门生闷气，禹恒则仍然在沙发上断断续续地哭泣，也许禹恒在冥冥之中预知到与快乐的人间生活要作告别，想满足最后的愿望吧。姨父也感觉到心烦意乱，胡乱吃了两口饭。这时，禹恒要求到学校去，姨父看看时间，已经中午 1 点半，便把禹恒送往了学校，也送进了天堂。

下午 2 点 28 分，突如其来的特大地震，摧毁了北川县城，当姨父跌跌撞撞从位于新街的变电站跑回老街时，一切都已变了模样，曲山小学已被整体掩埋，家所在的医药公司被远推了上百米，与其他房屋挤压糅合在一起，他看不出自己的房屋究竟是哪一片废墟了。

姨父坐在废墟上伤心地大哭了一场。他想再回到像中午一般心烦意乱但平实朴素的生活，已经永无可能。他同甘共苦了三十多年的妻子，一个善良、极富同情心的妻子，并没有获得死亡之神的同情，她死在对外孙的极度自责中。李禹恒，与曲山小学西区 400 多个孩子，把鲜花般的笑脸和稀奇古怪的梦想一股脑埋在了废墟之下。更可怜的是我的表妹，当天中午吃完饭后，她与金燕她们一起，坐在新华茶楼上，正畅谈着、微笑着，一阵浓烟之后，微笑变成了永久的伤痛。

许多次，我站在老街这片废墟上，感觉废墟之下，有无数无辜的冤魂在呼喊，有无数只手在拉扯着我的裤沿。绝情的，由岩石和细土堆积成的土山，在脚下与我对峙着。是的，它代表巨大的苦难，我代表无助的人类，不管我们有多善良，苦难还是会在某个不为人知的时间，唐突地造访渺小的我们。

这座废墟，埋葬了我八位亲人的生命，也埋葬了我曾经的希望与梦想，但它也是公平的，送给了我从未体会过的，人生最深的思念、痛苦与伤悲。

2008 年 7 月 11 日于故园之外　安昌

永生难忘的黑色时刻

——我所亲历的北川"5·12"特大地震

发表时间：2008 年 09 月 28 日　13:08

这已经是地震后的 72 天，当我已能承受悲伤，平静思绪，再次梳理和回忆那场突如其来的灾难时，脑海里又浮现出当日的情形：天崩地裂，山摇地动，灰尘、呼救、绝望、鲜血、死亡……无数个词汇瞬间倾泻而出。

对于我而言，在"5·12"之前的日子，可以用充实、恬淡、幸福等诸多祥和无比的词汇来形容。我对自己的工作喜爱并且胜任，妻子是我师范时的同班同学，温柔贤惠，在县城所在的曲山小学任教。儿子长得乖巧无比，刚刚上一年级。为了照顾儿子，我在乡下的母亲，从五年前起，就开始到我家来帮我带小孩。两年前，遵照父亲安居乐业的教导，我东挪西借花费 15 万元，在县城老街的十字路口旁边买下一套140 多平方米的商品房。虽然屁股上有近十万元的贷款，但完成了人生的绝大部分梦想，我把所有的热情，都交给了逐步小康的生活。

5 月 12 日，晴天，一切与以往无异，天仍然那么蓝，空气仍然那么清新，街上依旧车水马龙，商店依旧熙熙攘攘。按照计划，上午 9

点，宣传部的副部长王建送我到漩坪乡去出差。我要在漩坪的木棕厂闭门写作三个月。可是，刚上班，几个临时性的工作使得我们把行程推迟到下午2点20分。等到我忙完手中的工作，已经近11点，王部长叫我去备些必需的生活用品，我便在乐乐超市买了几瓶饮用水，两盒饼干，又去工商局楼下的葛记打印店买了两盒纸。

等到12点回家时，母亲已经从乡下回来，正在做饭。母亲说："家里的樱桃已经红透了，今天早上，你爸爸搭起梯子，专门给墨墨摘了几大捧。"是的，在父母眼里，我的儿子墨墨是他们的心肝宝贝，时常挂牵和念叨着。只可惜，中午儿子放学回来，忙着做作业，忙着要玫瑰花，连一颗樱桃也没有吃。6月22日，当我再次回到凌乱不堪的家里时，樱桃早已腐烂，只剩下一堆果核，依旧静静地躺在竹篓里，等待着永远不会再回来的小主人。

等到儿子做完作业，一家人吃完饭，妻子和儿子上学去后，我又忙碌地在书房里写了些东西。快到2点20分时，我给单位的司机陈哥打了个电话，问何时起程。陈哥说，王部长给省上来的记者介绍情况，最多三五分钟就出发。我便安心地坐在沙发上小憩。这时，母亲还在厨房里忙碌着收拾锅碗。2点25分，陈哥打电话给我，说王部长还在三楼开会，叫我两点半在十字口等着，准时出发。

此时，母亲刚刚收拾完，我对母亲说："妈，你休息一下吧，我们摆谈几句，我这一走就是一周才回来。"母亲解下围裙坐下来，说："娃，你放心去出差，家里有我，每天我给雪莲和墨墨做好三顿饭，下午去接墨墨。"母子俩闲聊一会。我突然想起，牙刷还放在洗漱台上，便起身去了洗漱间，刚把牙刷拿在手里，楼房轻微地摇晃了一下。我轻描淡写地说："妈，地震了呢。"凡是北川人都知道，北川处在龙门山地震带的断裂活跃带上，每年都会发生很多次轻微地震。我们已习以为常，甚至说已经麻木了。

在我的感觉中，大概间隔有十秒钟左右，强震开始了，我听见楼下的麻将铺老板娘大喊："地震了，快跑。"瞬间，她的话语被地下传来的巨大轰鸣声所掩盖。房屋开始剧烈地晃动，先是左右摇摆，接着就是上下跳跃，客厅、饭厅、寝室的灯具开始噼里啪啦地掉在地上，我听见了电脑倒地、冰箱倒地沉闷的声音。我跌跌撞撞地拉起母亲，躲进了厕所里。楼房摇晃得更厉害了，好像有一只无形的大手，肆虐地捏住大地，肆意地撕裂摔打。我让母亲抱住厕所的门框，但是徒劳，剧烈的晃动一下子就把她掀倒在地。我将母亲扶起来，又被颠簸了下去。没有办法，我也只得坐到地板上，将母亲的双臂使劲地箍住。

这时，每一秒都是那么漫长，楼房被巨手蹂躏着，摇晃着，窗外不时传来房屋倒塌的巨大声响，灰尘从四面的窗户扑进来，我挨着母亲，也不能看清楚她。这时，我所居住的房屋后边的茶厂厂房也倒塌了，六层高的建筑砸在地上，发出凄厉的怪叫。灰尘还在弥漫，楼房还在摇晃，丝毫没有停歇的意思，我感觉已经过了好多个世纪。

刚把母亲拉进厕所时，我还安慰母亲说："妈，要坚持住，我们的楼房结实，没有问题。"但到这时，我的心、脑，全被绝望和恐惧所占领。我估计所在的楼房肯定会坍塌，便将母亲往厕所里挪了挪，厕所的盆里还有满满一盆水，我想，如果楼房坍塌，一盆水至少可以让我们熬过几天。现在想来，当时的智商已经严重受创，楼房倒塌，一盆水会好好地端放着吗？我对母亲说："妈，看来今天熬不过去了，我们母子俩得做好死的准备。"说实在的，在那时，我已经做好了死的准备，我知道，在大自然的蹂躏面前，我、母亲显得多么渺小和无助啊。

也许是蹂躏人类的巨手累了，也许是它发泄了所有的愤怒，也许它想给我及我的母亲留下一条生路。不过，这都是我的猜想。公平地说，是两块碰撞的板块释放了所有能量。地壳慢慢停息了啸叫，楼房渐渐停止了摇晃，但灰尘依旧在所有房间弥漫。我快要跳出身体的心脏开始正常恢复供血。

我的手提电脑还放在沙发上，衣服也还放在沙发上，甚至于我的脚上只穿着一双拖鞋，都来不及了，我怕强震之后还有大余震，拖起母亲就往屋外走。客厅的大门已经变形，无法打开，我让母亲避让开，使劲几脚才踹开。楼道里同样灰尘弥漫，我拉着母亲摸摸索索地往楼下走，越走越黑，到三楼的时候，楼道已经被废墟堆得满满实实。糟糕，我的心里暗叫道，又拉起母亲折身返回，准备往楼顶上走。在五楼，我的门口，撞见了一个四十多岁的男子，他说，快出去，不能在楼里磨蹭。

他和我的想法不谋而合，我们开始寻找出路。这时，烟尘已经开始慢慢散去，我回到自己家的客厅从窗户朝外望去，蓦地，居然发现残垣断壁已经堆到我五楼的窗户口，上面已经是一马平川。霎时，我感觉自己的血液仿佛停止了流动，大脑一片空白，停止了思维，糟了，北川这次遭受了灭顶之灾，我在心里暗想。

好在，楼梯间四楼和五楼之间的窗户可以勉强容人通过，我从家里端来一把椅子，男子先爬出去，再帮我接出母亲，我最后跳出去。原来熟悉的、我经常下午坐在窗户前看得见的民贸公司大楼没有了，到处都是散落的预制板、承重梁，以及堆积其上的衣物、家具。我拉着母亲，在废墟之间艰难地爬行，终于到了废墟之上的土堆，应该算是很安全的地方。

这个时候，我摇摇有些混沌的脑袋，举目四望，震惊、无助与绝望吞没着我。老县城没有了，变成了一座巨大的土山；原本清秀无比的青山没有了，原本清澈无比的湔江河没有了，我曾经无比熟悉的县城老街没有了，老街是北川最繁华的行政区、商贸区、生活区。在高高的王家岩下，有北川县人民医院，有县法院、司法局、地税局、民政局、曲山派出所、教体局、文化馆、图书馆、新华书店、供销联社、烟草公司等多家单位，还有曲山小学西校区，曲山幼儿园、学前班。除此之外，老街上有多家生意红火的商铺，每个北川人都如数家珍：南方鸭肠王、密林火锅、荣森大酒店、寇氏火锅、华兴超市。还有林立的服装店、鞋袜店，以及不可胜数的居民点，这些楼房里，居住着退休的老革命，各个单位职工们的父母、亲人。然而，一切曾经熟悉的建筑消失了，变成了一座巨大的活棺。我知道，工作、生活、居住、求学于老街之上的上万人肯定也没有了。悲怆瞬间击中我的心脏，我颓然地跌坐在废墟上，泪水顺着脸颊疯狂地流下。母亲用目光焦急地寻找曲山小学西区所在的位置，最终等来的是绝望。母亲捂住脸，泪水顺着指缝滴落。

此时，硝烟逐渐散尽，没有倒塌的房屋中、街道上的幸存者，逐渐汇集到这块巨大的废墟上，这其中，我看见了叶广斌，他是住在我楼下的邻居，也看见了涂家发，当时不认识他，在后来救人的过程中逐步熟悉，所有的人都灰尘满身，蓬头垢面，眼睛里全是茫然、恐慌和惊讶。二十分钟后，废墟上已经积聚了近三十人，惊魂未定地四处散坐着．有人不时呼喊着亲人的名字，或者大声哭泣着。北川，瞬间变成了忧伤的海洋。

叶广斌的妻子在政协工作，而政协也在王家岩的威胁之下。他的女儿叶丽莎，在曲山小学东区读四年级。叶广斌此刻最担心的是妻子的安危，当从政协方向过来了一个熟人时，叶广斌急切地询问政协那边的情况，熟人红着眼看了他半天，无奈地摇摇头，叶广斌同样颓然地坐下，失声痛哭。

我和其中一个家长准备穿过废墟，翻越到曲山小学所在的西区去看个究竟，因为那里有一个幼儿园，里面有 500 名左右花骨朵般的孩子，还有曲山小学西区一至三年级，12 个班，近 500 个鲜花般的孩子。其中，就有我的爱子冯瀚墨。这个想法被涂家发阻拦了，涂家发指着横拖在废墟上的几根粗大的高压电线说，电线有没有电也不知道，你们冒这个险，何况这个余震不断，你们刚刚逃出来，可不能再丧命。

涂家发说得有道理，我们也不敢轻易地再寻死路。这时，废墟表面的几张预制板下压着一个中年妇女，也许她已从疼痛的麻木中醒来，开始声嘶力竭地喊救命："好心的婆婆、爷爷、叔叔、阿姨，行行好，救救我的命啊。"每一句话都显得那样凄惨。我和涂家发、叶广斌强忍着内心的悲伤，走近一看，妇女仰面躺在两张预制板下，右腿被厚重的板压着，不停地呻吟。没有营救工具，一切都是徒劳，我们只得在废墟上四处寻找，扛来几根废旧的木料，架在预制板下，准备把板抬起来。站在废墟上的几个青壮年都不约而同地跑过来，加入到营救的过程中，好在上面的一张预制板早已断裂，没费多大工夫，十多个人就将其搬走，大伙儿又用杠子抬起预制板，腾出一点空间，将妇女的右腿一点点地挪出来，涂家发找来一床棉絮，将赤身裸体的妇女包裹起来，我们将她抬到平坦的地方躺下，等待来人救援。旁边一簇巨大的废墟下，一位大爷同样被挤压在乱砖丛中，我们费了九牛二虎之力，终于将他救出来。

就在我们救人的时候，从茶厂没有倒塌的宿舍里气喘吁吁爬上来一位老太婆，不顾大家的劝阻，没有半点犹豫，径直从粗大的高压线上跑过去，边跑边哭喊着："我的孙儿啊，我的孙儿啊。"原来高压线没有电，呆坐在土堆上的老太婆、老大爷纷纷迅速站起身来，一股脑朝曲山小学和曲山幼儿园所在的大概位置跑过去。

这时，曲山小学和幼儿园幸存的孩子在老师的带领下，正陆陆续续往这片相对安全的废墟上转移，我捂住快要跳出来的心，仔细在孩群中寻找自己的孩子，一个，两个，十个，二十个……所有满脸惊恐的孩子从我身后消失完，我都没有看见自己孩子的身影，泪水再一次流下脸颊。我抬着灌了铅似的双腿，挨到了曲山小学的废墟上，曲山小学早已没有了踪影，它已经被曲山幼儿园的废墟全部覆盖了，土坡上密密麻麻的，全是孩子的尸体，不忍目睹。我仔细搜寻了半天，才看见了一个厕所，那是曲山小学唯一留下的实物。在曲山小学靠近商业局的一小块残留的操场上，我看见了曲山小学幸存的老师陈铁军、曾开元、张成兰。他们满身都是灰尘，正吃力地在残存的瓦砾之下营救孩子。

陈铁军是曲山小学的体育教师，也是我儿子冯瀚墨班主任胡蓉的爱人，我急切地拉着他的手问："陈老师，胡老师出来了吗？冯瀚墨他们出来了吗？"陈老师无助地摇摇头说："没有了，没有了。"呆滞地坐了下来。一个月以后，当我遇见陈老师时，他告诉我："刚一地震，胡老师就把孩子们迅速带出了教室，全部抱着头，匍匐在大操场上的皂角树旁，我还看见你儿子冯瀚墨抱着头，惊恐地待在胡老师旁边，大震一来，王家岩一垮，他们瞬间就没有了影子。别去想了，兄弟，他们当场就死了，没有痛苦。"现在，每当夜深人静，躺在床上辗转难眠，思念与儿子共同生活七年来点点滴滴的过往时，他背着书包蹦蹦跳跳出门，抱着头、匍匐在操场上的画面永远定格在我的脑海里，很多次梦醒之后，我都不由自主地伸手摸摸右边，每个夜晚，儿子就在我和他妈妈的中间香甜地睡觉，虽然七岁了，在亲吻他时，依然能闻见他诱人的奶香。我从来都不相信他已经离开了我们，我无数次欺骗自己，调皮好动的儿子放学没有归来，他这个时候，或许正和他的好朋友们在一起跳绳、捉迷藏，忘记了回家，忘记了归家的路……

废墟中不时有孩子在凄厉地呼喊："老师救命，叔叔救命。"我和新街过来的赵学军一起，加入到救人的行列里，当时想，自己的孩子没有了，能多救几个别人的孩子，老天爷看见，一定能让我的孩子不遭受痛苦，早早升入天堂。不时有孩子被救起，被抬上安全的土坡，到后来，表层的孩子救完后，废墟下仍然有许多孩子在拼命呐喊呼救，我们没有大型工具，只能无奈地陪着流泪。我们多想能得到及时的救援啊，此时，通信全部中断，我们不知道市里、省里究竟知不知道北川的巨大灾情。听见王家岩不停的垮塌声，好多次，我们都误以为那是直升机的声音。事后得知，曲山小学西区，480多个学生，只有100多人幸存；幼儿园500多个孩子，只有不到100人获救。而位于民政局下的学前班，三个班，150多个孩子，没有一个人活着出来。

从新街冒死穿过龙尾公园、到学校来寻找孩子的家长告诉我们说，曲山小学东区的教学楼也已经垮塌，师生死伤惨重。我的脑袋嗡的一声闷响，糟了，我的妻子就在东区工作，看来一定是凶多吉少。不行，一定要过去看看，生要见人，死要见尸。便与几个在新街有亲人的幸存者一起，艰难地翻越到电力公司前的街道上。此时的街道早已变形，靠近河边的楼房几乎全部倒塌进河里，我们拉着水泥板、残存的水管，下行到湔江河边。此时的湔江河早已断流，同行的人说，肯定上面的山崩塌了，阻断了河流，我们得快点走，谨防上边的河流决堤。一行人恐慌而快速地踩着鹅卵石，没有鹅卵石的地方就直接踏到河水里，快速蹚过湔江河。以前在北川人眼里风景秀美、晚饭后散步的好去处龙尾公园，此时一片狼藉，茶庄里的桌椅四处散落，围墙坍塌殆尽。大家关心的还不止这些，大家都怕龙尾索桥断裂，无法通过。好在龙尾索桥除了桥头的桥板折断突起之外，尚无大碍，大家分成三组，一组三个，快速通过索桥。

站在新街的大酒店前，回头再看老街，原本林立的楼房没有了，街道没有了，映入眼帘的只有废墟，废墟，还有电力公司一幢楼房孤独地耸立着，老街十字口浓烟四冒，王家岩仍然在不停地垮塌，许多人俯在栏杆上、跪在地上，面朝老街哭泣着，呼喊着。是的，老街的废墟埋葬着他们的亲人、朋友、同事。他们无法去营救，只能眼睁睁地承受着痛苦。

死者长已已　生者长戚戚

——悼念董玉飞兄暨感叹人生无常及生命之无奈

这是个凄风冷雨的秋天，这是个漫长愁苦的没有假期的假期，正因为如此，它才符合多事之秋的诸多要义。

——题记

发表时间：2008 年 10 月 05 日　00:14

　　这个国庆节不休假，休假唯有在梦中。国庆节，在我的眼里，曾经是快乐和休闲的代名词。每到国庆节，我原本繁忙的生活就会变得休闲舒适。"5·12"之前的国庆节，我常常骑摩托载着妻子和儿子，或者回到坝底看望岳父岳母，或者回到禹里看望我的父母，回去的待遇如出一辙：喷香的菜肴，甘甜的美酒，以及漫无边际的畅谈——这是一种休闲，更是一种享受；再不就是带着妻儿，到绵阳，到成都，在姨姐家，儿子瀚墨与他的两个哥哥姐姐，或者在人民公园游玩，或者在富乐山嬉戏。在哥哥家，我们会去逛逛宝光寺、游游动物园。生活惬意无比，爱子如影相随。总之，一切都是美好的，一切都是快乐的，一切都是幸福的。

然而，这个秋风萧瑟的国庆节，一切都变了，天上人间、沧海桑田的感觉尤为深刻。我曾经寄托所有憧憬、所有希望、所有梦想、所有未来的儿子——冯瀚墨，永远沉睡在了曲山小学那冰冷的地下，与我阴阳相隔，即使相见，也只在肝肠寸断的梦中。我曾经美好的、温馨的故园，早已倒塌在王家岩狰狞的魔爪之下。我与妻子，一个在安昌忙碌虚无地上班，一个在绵阳落寞地回忆着过去。

凄苦、凄楚、凄凉，无数凄厉的词语都无法表达我对这个秋天的憎恶与厌烦。"5·12"之后，我痛恨苍天，无数人生活在欢笑中，而更无数的北川人，却生活在痛苦之中。"5·12"之后，我痛恨大地，无数人生活在快乐中，为什么，要让世代纯朴的羌人，生活在忧愁之中。我写过这样一句话：大地震载不动北川苦难，堰塞湖渗不尽羌人血泪。是的，苍天对北川无情，大地对北川无义。

今天早上，我从绵阳出发，前去安昌上班。在河堤之上，我看见血红的太阳透过东方的朝霞，缓缓升起；我看见啁啾的鸟儿，在柳枝上快乐地跳跃；还有那些小孩，与父母牵着手，快乐地蹦跳。是的，无处不是快乐的景象。但是，我也知道，所有的快乐都是他们的，与我无缘。我只是匆匆的看客，匆匆的过客。我所有的，无非只是痛苦和思念，这是地震送给我的纪念，也是唯一的财富。

刚到安昌，还没有走进办公室，同事蒋雁部长带来了消息：北川大地震的亲历者、幸存者，原禹里乡党委书记、县农业局局长，现县委农办主任董玉飞，昨夜故去。

我没有震惊，经历了"5·12"，经历一切皆有可能的黑暗日子，没有什么事情能让我感到震惊。蒋部长不停感叹，唉，这么好的人，怎么说没就没了。

我木然地走进办公室，放下电脑，颓然地坐在椅上，伤感迅速传递给眼泪。董哥，一个好人，走了，去了，到了天堂，在天堂拥挤快乐的人群中寻找自己的爱子去了。

无所畏惧，才是勇者。而勇者总是感性的，勇者总是柔弱的。

"5·12"大地震让北川上演了无数出人间悲剧，家破人亡、妻离子散、阴阳阻隔。无数曾经的美好，在转瞬间灰飞烟灭，成为永远的伤逝。

其实，与董玉飞兄接触颇多。当初玉飞兄曾在我的故乡禹里乡任乡党委书记，我因为采访，因为给更高级的领导视察行程摄影，无数次在禹里逗留，与玉飞兄握手寒暄。有时候，还要礼貌性地告诉玉飞兄，我是禹里人，这是我的家乡，家人和朋友，还请老兄多关照、眷顾。在我的印象中，玉飞兄为人直爽，厚道而实在，所以，心里对他多存好感。后来，玉飞兄回到县上，做农业局长，因为工作关系，见面日少，偶尔见面，也只是寒暄几句。倒是玉飞兄的弟弟卓锴兄，因为文采飞扬，为人低调内秀，与我甚是投缘，却因在乡镇工作，更是多月难得一遇，但在我的心里，却把卓锴兄当作朋友。

在"5·12"北川大地震中，玉飞兄、卓锴兄与我同是天涯沦落人。我们三个人的孩子都在这次地震中不幸遇难，特别是卓锴兄，妻儿尽失，只剩下独自一人，甚是凄惨。但在那种困境下，卓锴兄依然坚持在白什带领群众抗震救灾，其所作所为让民众及山东援建人员深为感叹钦佩。

斯人已逝，惆怅满怀。我知道，巨大的伤痛击碎了这个坚强的羌族汉子所拥有的一切。他看透了宦海沉浮，看清了名望权力，看清了世事无常，看尽了人生变幻。虽然他故去了，但在我的心里，他是一个真正的人，真正的男人。一个人，连死亡都不怕，还有什么可怕的。

也许，从某个角度而言，玉飞兄的故去提供了一个范本，既然在思念亲人的痛苦中活着，还不如远去天国。找到自己的爱子，照顾着他，爱护着他，不弃不离。

也许，这是唯一让我慰藉的理由。

当我写完这篇悼念之作时，初秋的落日，发散着殷红的光芒，从西山缓缓下坠。在我的耳边，电视连续剧《红楼梦》的插曲《紫菱洲歌》正抽取着一丝丝更深的凄凉。

活着与思念的痛苦，以及死去与相逢的快乐，究竟是怎样的选择？

深秋故乡行之旅程

"5·12"之后，堰塞湖就是一座分水岭，阻断以往的快乐，深埋未来的幸福。

——题记

发表时间：2008 年 10 月 30 日　14：15

故乡在堰塞湖之上，在留下无数梦境的青山绿水之间。故乡也装在我的心中，无数次站在雨雾弥漫的安昌，站在高楼之上凝望。故园在一片废墟之中，留下无数撕心裂肺的伤痛，留下无数曾经的温馨美好，只是，一切都成过往，往事如烟，缥缈无影……父亲最爱说一句话，叶落归根。是的，故乡，就是我们最终要回去的地方，我们赤条条而来，最终也要赤条条而去。

故乡在堰塞湖之上的禹里乡，有个豪气的名字，青冈堡。而家所在的小山村，也有一个朴实的名字，燕子垭。传说在很久以前这座山下的石缝里藏着两只金燕子，盗贼蜂拥而至，而纯朴的羌人为保护金燕，与盗贼进行了一番殊死搏斗。最终的结果总是皆大欢喜。好人大获全胜，坏人遭受惩罚。但是，这些故事，在现实中是没有注脚的。比如"5·12"，那么多可爱的孩童，那么多鲜花般的少年，那么多纯朴的羌人，在山塌地陷、河流改道中惨烈地罹难。

话题又扯远了，还是说故乡吧。我的家就在燕子垭旁边，是个山清水秀的地方。屋外坡脚下，是清澈长流的两岔河；屋后，是葱茏的树木；肥沃的土地里，一年四季都果实累累，清幽幽的麦苗、绿油油的蔬菜、黄澄澄的玉米，把一座木屋，绕成了一个世外桃源。因此，不管是我的妻子，还是哥哥的妻子，还是我的姐夫，一到这里，就爱上这个秀丽的地方。因此，故乡还取代了媒人的巨大功用。

我常说，自己是农村人，从农村出来的。正因为经历许多磨难，才懂得什么是幸福，什么叫知足。现在，我的一些弟妹们，来到城市后，耻于说自己从农村而来。忘记过去，意味着背叛。我想，他们忘记了曾经甘甜的泉水，忘记了曾经生养他的土地，忘记了曾经给他温暖的柴火，那么，就不是他想要遮掩自己的来路，而是故乡要鄙视这样的不孝之子。

三十二年前桂月中秋的前日，那是一个晴朗的清晨，孪生哥哥和我，相约来到这个五彩斑斓的世界。在这之前，我的姐姐，早已经驻扎进了我们幸福的家庭。在我的印象里，童年是快乐的，童年是幸福的，童年也是短暂的。我和孪生哥哥，整天在树林里逮甲甲虫，在两岔河游泳，在磨坊坡放牛，在岩坪里捡柴。

到七岁时，我们的童年真正结束，开始在父亲爱的囚牢里生活。做教师的父亲是军人出身，脾气暴躁，家教甚严，对待子女更是毫不手软，不管生活上还是学习上，只要我们稍有不慎，就会招来一阵皮肉之苦。在我稍稍记事，大概八岁多，村里在放南斯拉夫的老电影《桥》和《虎口脱险》等。我们从电影中知道了，对残暴的德国人有个专用称呼：法西斯。因此，我们三姐弟在背地里，也把这个称号送给了在我们眼里严厉、残暴、冷酷的父亲。我们白天上学，下午回来，有的放牛，有的扯猪草，直到晚上，才就着煤油灯做作业。五月初，千佛山的竹笋刚发芽时，星期天我就和姐姐、哥哥，与村里的伙伴们，步行走五六个小时，

冯翔（左）与哥哥冯飞、姐姐冯冬梅
1980年摄于故乡燕子垭

进入原始森林，从大熊猫的口里抢食，去掰油竹、箭竹、团竹的笋子，回到家里，用开水煮到八分熟，再背到街上去出售，所得的钱，就来买小刀、铅笔。特别是买了小刀回去，兴奋得不得了，半夜都要把手伸进枕头下，将小刀把玩一番再入睡。

父亲严厉，对学习要求严格，好在我们仿佛还算聪明，成绩非常好，这倒少了一个他随时打骂我们的理由。记得从二年级

开始，我们就喜欢上了父亲书房里的一个大黄桶，这个黄桶装着满满的书，什么《红领巾》《十万个为什么》……还有连环画、小说。因此，每到下午放学，我们就要拿本书装在书包里，放牛、捡柴之余认真阅读。我和哥哥阅读的好习惯，就是从那时养成的。这也为我们以后所走的道路，起到了潜移默化的作用。写到这里，我想起了，我的一个网名叫鲤鱼的朋友，他的孩子四岁，非常乖，他就开始让孩子写字。我倒有

个不成熟的建议，在年少时，一定要多读书，什么类型的都可以读，将来会大有裨益的。直到现在，我和哥哥最大的爱好就是读书，有时周末哥哥来绵阳，我们兄弟俩就结伴去书店淘书、买书、读书。妻和嫂不理解，读书有这般快乐？是的，阅读是人生最大的快乐。即使我们的生日，兄弟俩互送的礼物还是《黄河青山》《德川家康》等书籍。去年，我和哥哥与父亲在一起时，还开玩笑说，父亲这辈子最有功劳的有两件事，一是责打儿女凶狠，因此我们养成了坚韧的性格；二是父亲有那么多书，让我们知道了阅读的快乐。

小学转眼过去，哥哥在治城读书，我因病休学，后来又到北川求学，兄弟俩开始独立行走不同的路。后来哥哥上了中专，我读了师范，接着工作、恋爱、结婚、生子，日子过得充实而忙碌。故乡，也渐行渐远。

说到故乡，不得不说说我的母亲。母亲勤劳、智慧，这是两个显著的特点。母亲只读了小学四年级，因为家境贫寒而辍学，但让人诧异的

冯翔（左）、冯飞（右）与父母　　1997年夏摄于北川老家

是，母亲的文化水平甚至比现在许多中学生还高。她能熟练地读懂电视屏幕上的字幕，能够流利地写书信，还在我们村当了近三十年的妇女主任。母亲把我们的家收拾得干净整洁，把地里的庄稼伺候得健壮无比。不仅如此，母亲还是个乡村医生，跟随村上的老中医学习两年后，能够独立处方，而且有药到病除的手艺。这不是瞎吹，即使今天，我们家开的小药铺，每天都有病人前来就医。不仅开药铺，母亲在 20 世纪 80 年代，就开了本村第一个小卖部，生意奇好。所以，当别人家都还在四处凑钱买黑白电视的时候，我们已经买上了 14 寸的彩色电视机。在母亲身上，我受到两点启发：勤劳是成功的基石，智慧是成功的关键。

父严母慈、子女孝顺，在"5·12"地震前，我们家，我们的大家，一直生活在幸福中。我们把在燕子垭的家称为"中央家庭"，把我们的小家称为"驻外家庭"，我们都乐意做"驻外使节"。这时，姐姐的商店红红火火，哥哥事业顺风顺水，我的工作得心应手，还在县城买下了140 多平方米的商品房。我姐姐儿女双全，我的外甥和外甥女分别读初中和小学，哥哥的女儿漂亮活泼，我的儿子聪明伶俐，一切都是那样美好……然而，突如其来的地震，让我痛失爱子，痛失家园，流离失所。我们曾经的幸福，早已走远，我们曾经的温馨，犹如梦境。一切的一切，没有征兆，没有预兆，所以当灾难来临时，我愕然不已，我悲痛欲绝。我们所有的亲人，都因为爱子瀚墨的离去而充满了悲伤与忧愁。

是的，思念永存，生活继续，不管怎样，我们还得坚强面对不可知的未来，不管是凄风苦雨，还是痛苦挣扎。

地震之后，母亲在成都避难数日后，翻山越岭回到燕子垭，她要去陪孤单的父亲。我们也由于工作繁忙无法回家。在稍有闲暇的周末，我们兄弟俩相约，朝着故园，坚定地前行……

秋埋曲城

——"5·12"大地震半年祭

时光可以掩埋许多事物，但掩埋不了永久的思念。

——题记

发表时间：2008 年 11 月 17 日　17:23

　　半年，六个月，一百八十天，……分，……秒。把时间的单位切割得越小，越能感受心中痛楚的延绵与长久。这种痛楚并不是我一个人的，是亲人们的，是朋友们、同事们的，也是北川人的。刻在大家的心里，刻在大家的痛里，刻在每个夕阳西下的黄昏和清辉冷洒的寂夜里。

　　在我的意识中，从来没有像现在这样，觉得时间好漫长，一天好漫长，一周好漫长，一月好漫长。我所不知道的，是我长眠在县城那冰冷废墟下的亲人们、朋友们、同事们，半年过去了，你们真的抵达天堂了吗？你们真的得到永生了吗？凤凰涅槃，浴火重生，这些带着安慰色彩的词语，是不是在你们那里得到了印证。不过，这些，我的确不知道，你们所托的梦里，也没有告诉我答案。

半年了，时光从炎炎夏日，缓慢地走到冰雪寒冬。栖息地由帐篷搬到了平房，再到高楼里。住处从任家坪到擂鼓，到安昌，再到绵阳。思念从泪里、心里、梦里，一直渗透到骨髓里。

半年了，我无数次回到县城，无数次在残阳如血的黄昏，在老街，在新街，在王家岩，在十字口，我久久地站立，久久地凝望，我知道，我脚下的这片废墟，埋葬了许多人的少年、许多人的青春、许多人的天伦。我曾经梦想那些亲人们，就像梦里一般，突然从废墟里钻出来，拍拍灰尘，站在我的面前，拉着我的手说，你看，你又瘦多了，头发也长了。其实，在我的心里，我知道这是不可能的，这些幻想是不可能成真的。即使要成真，也得是我们在天堂相聚的时候。

半年了，每当看到从我身前跑过的孩子，我就想起了我可爱的儿子，他才刚刚七岁，刚刚学会花钱，刚刚学会上街帮忙打酱油，刚刚学会孝敬父母，刚刚学会做一个优秀的小学生。然而，一场地震，让我所有的希望、憧憬、未来，在刹那间灭失。泪水和思念，成为我每日的必修功课。看到楼下侄女的童车，我想起了儿子；看到商店里摆放的奥特曼，我想起了儿子；看到他的衣服，留作纪念的衣服，我想起了儿子。很多天气阴暗的日子，很多孤独寂寞的日子，儿子的身影就跃入记忆，久久不愿离去。半年了，思念更深，思念更痛。天长地久有尽时，此恨绵绵无绝期。是的，这样的日子永无尽头。

半年了，我想起了我离去的朋友。师范三年校友、实习时的朋友、相聚在北川时的挚友，原教育局干部邓廷元和进修校教师徐元强。两个好兄弟啊，你们才打开事业最美好的蓝图，却撒手人寰。廷元刚刚买了、装修了新房，准备和相爱多年的女友共筑爱巢；元强兄家庭美满，事业成功，正梦想着做一个爸爸。还有，曲山小学我称为"姜首席"的姜连金，计算机专家李永强。我在县城最好的几个朋友，都远离我而去。我知道，此刻的他们，正豪爽地喝着酒，吃着烧烤，就像以前与我一起，还要打打麻将，斗斗地主。

半年了，我想起了我的两个同事。陈哥是单位的老大哥、老革命，对人真诚、大气，工作踏实，最难能可贵的是，这是一个绝对勤劳和智慧的人，经过多年努力，家境已十分殷实。也许是上帝太嫉妒了，太羡慕了。王哥，则刚刚从青片调到单位，这是一个略带腼腆而又认真肯干的兄弟，大家记得，他曾在饭桌上讲过许多让我们喷饭的笑话，他曾无数次邀请我们到他小寨子沟羌家乐游玩……然而，一切尚未成行，王哥就陪着女儿共入天堂，留下多少难言的遗憾。

半年了，我想起了我的恩师们。师恩如海，我的中学时光，在县城的曲山初中度过，也许因为我是唯一从外地转学而来的学生，也许因为我的勤奋打动了他们，老师们对我照顾颇多，才使我走到今天。然而，一场地震，山岩垮塌，曲山初中被掩埋，段老师、罗老师、张老师、王老师……无数恩师并没有因为从事着天底下最神圣的职业而幸免于难，空留无数惆怅。

半年了，我想起了我的孩子们。七年教师生涯，难忘那些可爱的学生：聪明的李王智国，踏实的张涛，勤奋的李贵兴，内秀的文丹，漂亮的杨菲，可爱的李莹……无数未来的栋梁，怀揣着人生的梦想，从偏僻的坝底来到北川中学。他们带着希望而来，带着死亡而去……纯朴的山里孩子们，苍天对不起你们，大地对不起你们。如果遥远的地方有天堂，但愿你们继续学业，继续灿烂的青春。

……

半年了，一切都发生了改变，只有痛苦和思念未曾改变。我的亲人们、朋友们、同事们、学生们，生命是短暂的，唯有死亡是永恒的。幸福是短暂的，唯有痛苦是长久的。在遥远的天堂，当你们看到东方升起的太阳，那是我们凝视你们的眼睛。当你们看见飘落的雨滴时，那是我们思念你们的眼泪。

再见亦是永恒……

半年之际，谨以此献给你们……

深秋于想墨小居

江西福建疗伤纪行

如果说，一次出行就能忘却所有悲伤，那么，这伤痛就不是最深的忧伤。

——题记

发表时间：2008 年 12 月 01 日　12:02

从"5·12"地震起始，人就像上了发条的陀螺，接待记者采访，到关内下乡出差，写作各种材料。工作，不停地工作，成为抑制悲伤、消磨时光的唯一方式。即使再深的悲伤，也只能留在辗转难眠的寂夜。虽然只有短短的半年多一点，但在每个北川人心中，这段日子实在难熬，漫长、艰难而苦痛。

董玉飞兄的离去，将北川干部沉重的处境展现出来，因此，如何解脱干部的压力，舒缓他们的悲伤，调整他们的心态，成为入秋之后的重点工作。一批批有亲人遇难的干部，一批批日夜奋战在抗震救灾和灾后重建一线的干部．得以稍事休整。

我有幸成为"灾后重建专题培训班"的一员，前往井冈山，是因为我家人的不幸。北川干部有幸成为"灾后重建专题培训班"的成员，是因为他们都有家人的不幸。

11 月 19 日，100 名培训班成员，包括近 50 名北川干部，起程前往井冈山。10 天时间里，我们聆听了余伯流教授对井冈山精神的讲解，我们与井冈山革命先烈后代进行了面对面的交流，我们还去烈士纪念碑敬献花圈、宣誓，去博物馆感受厚重的革命历史，还驱车 500 公里，去红都瑞金，捕捉曾经的弥漫硝烟……

在革命先烈的事迹中，毫不吝啬地说，我们看到了许多自己的影子，我们想到了那艰苦的抗震救灾初期。在烈士纪念馆，我们想到了自己长眠九泉的亲人；在与革命先烈后代的交流中，我们都流下了无数思念的泪水，在脸上或者心里；最后两天，我们还去了厦门，从紧张的工作中稍作舒展。

虽然坚定了工作生活下去的信心，但是，忧伤却久远地深埋在心中，无论时空变幻。因为，一次出行就能忘却的忧伤，就不是最深的伤痛……

春　逝

——2007 年暮春写下的一曲无尽挽歌

发表时间：2008 年 12 月 09 日　14:45

前记：2007 年暮春，五月中旬，为参加第九届 PSI——新语丝网络文学奖评选，专门撰写了散文《春逝》。作品缅怀了时光的永恒，生命的短暂，爱情的珍贵。2008 年 2 月，散文发表于《新语丝》，引起文友共鸣，许多朋友通过电话或电子邮件与我联系，共同缅怀易逝的春天和时光。

也许，在冥冥之中，我的一篇作品，却成为 2008 年暮春北川悲剧的预言。是的，在 2008 年，在这个易逝的春天，我失去了至亲至爱的儿子，失去了温馨幸福的家园。同样，在这个寒彻心肺的严冬（11 月 24 日），我的爷爷，因为悲伤，因为抑郁，因为疾病，也撒手人寰。

我不得不接受这样一个事实，这个春天已经被彻底改变。曾经的春逝，成为永远的伤逝……

春　逝

——关于羌寨、生命或者爱情

五月农闲，我和我的父亲，以及父亲的父亲一起坐在村头的土墙下，我的儿子，在满是尘土的泥地上玩耍。此时满山的树木已经到了苍翠的极限，胡豆、豌豆胀满了颗粒，村西最古老的那棵槐树的槐花已经开过，花朵缓慢凋零。爷爷对春没有任何怀念，怀中的烧酒是他的春天。父亲从不对春天表示纪念，在每个春天，因为耕作的劳苦，陪伴他的是拿在手上一支接一支的香烟。只有我，能够察觉春天到来以至离去的每一个变化，春的来去就藏在我的心里。

春是和我的童年记忆一起成长，在我看来，春就像是我的伙伴和兄弟，能够看到和感受我从一个啼哭的婴儿，到调皮的顽童，再到健壮的青年，以至于如今而立之后的彷徨与无奈。

春来了，羌寨的青山开始葱绿，溪流开始清澈，花草开始萌芽，喜鹊、山雀开始撒欢般地从村子上空穿行。它们又是在一年一度地荣归故里，这里有它们熟悉的树林、田野，甚至于浓密枝丫中伸出的黑洞洞的枪口。在窗外的几声鸟啼和淅沥的细雨声中醒来，春就站在面前，丛林之中飘来的空气，清新如薄荷般钻进鼻孔。父亲总是粗声粗气吆喝我们起床、读书、捡牛粪，破坏沉积了一夜难得的好心情。早饭后，漫山遍野的小路上都是上学的男孩女孩急促的跑步声，篱笆里的鸡、土墙下的狗，都会被这阵势吓得叫声四起。

"大兴安岭，雪花还在飞舞；长江两岸，柳枝开始发芽；海南岛上，鲜花已经盛开。"年少的我，居然懵懂地知道了在这山寨春意盎然的时候，春并不能铺遍每个地方，还有被冬纠缠的领地。想到春能够艰难地跑到这偏远地方来，心里对春多了许多难言的感激。但是，已经八十三岁的爷爷对春素无好感，他怀念的是斑驳的土墙、午后难得的一场美梦，以及几十年来很少离口的烧酒，春是燃烧希望的季节，但是，对爷爷而言，春带来的不是憧憬，而是绝望。

雨是春天的常客，就像我现在是麻将铺里受欢迎的人，老板热情地招呼我，还有好茶、好烟招待我，而心里看中的是我口袋里薄薄的钞票。不知道春天又给了雨什么好处，墨色的铅云从四周的山峰上压下来，有时还有一阵风打前站，有时是猝不及防地到来。寨子里除了和我一般的孩童外，靠天吃饭的农民们是最高兴的。只要有雨，我们就得坐在屋檐下早已摆好的八仙桌前，演算那些烂熟于胸的算式，抄写那些不用脑袋用屁股都可以记忆的生字。思考作业并不难，最难的是思考父亲阴晴不定的脸色中包含着我们这几日生活是喜还是忧。孪生的哥哥想象的尽是天空之外有什么，而我留念的是天井之外有什么。的确，理想总会照进现实，梦想有多大，舞台就有多宽，梦想天空之外的哥哥在大城市里风光无限，而梦想天井之外的我在小城镇里艰难谋生。

对于动物而言，它们不喜爱雨，爱的是阳光，阳光带给它们温暖、爱情，还有疯狂。每当春草萌发的时候，忍受了几个月光秃秃的荒坡和枯草的牛羊们，喘着沉重的粗气，发疯似的啃吃那些刚刚泛青的野草、树叶甚至于竹笋。牛羊的眼神里塞满的全是欲望，与我春节后看见的表妹、表弟的眼神何曾相似。他们死死盯住的是舅的口袋，里面装着舅和舅母一年来以土豆、黄豆、玉米、肥猪等换来的新崭崭的钞票。一声舐犊情深的长吁短叹之后，以后的情节如同电脑病毒般在他们之中蔓延复制。表妹表弟身着鲜艳的服装，染着流行前卫的发式，穿行在喧嚣的城市，进出于网吧酒肆。表妹表弟对春的认识更为敏感，或者更为理性，在他们的眼里，一年只有春天和冬天两个季节。现在是他们生活得最滋润的春天，只有当他们身心疲惫、口袋空空如也的时候，严冬才会呼啸而至。

也难怪他们，这与全球的"温室效应"有关，舅也改变了我父亲那般年纪的人对待自己儿女的严肃、严厉甚至严酷。我说这番话的时候，父亲正在地里割油菜秆，他今年刚过花甲，退休工资刚好一千五百块人民币，在这羌寨里，也算是大富大贵之人。他也许从来没有想过像别的退休干部一样，早上起来跑跑步，然后再在树荫下泡上一杯茶休养生息。他表面上告诉我说，劳动才健康，劳动才长寿。其实我们彼此都心知肚明，父亲在努力地攒钱，他在盘算计划着生病住院的钱，儿女买房的钱，孙儿孙女将来上大学的钱。

我和哥哥在穿着劳动布衣服、边耳子草鞋的时候，对钱的渴望并不亚于表妹和表弟。有众多物件也在吸引我们，比如梦想一根皮带，就可以不穿松紧裤，预防与同伴嬉戏时突然被拔掉裤头的尴尬；再比如一只电子表，能在早自习后为"冲饭"提供精确的时间保证；还有喜欢上了一本课外书籍，连做梦都想拥有。

指望父亲绝对不可能。我们的眼里也充满了欲望。为了心仪的愿望，我和哥哥早上四点起床，走三个小时山路，穿越荆棘丛生的森林，到达海拔三千米以上的地方。那里长满了团竹、油竹、箭竹，为了钱，我们只有从熊猫、刺猬的口中抢食，忙到夜色苍茫，再行进五个小时疲惫地回到家中。一路上，除了顺着暗淡月光指引的路途前进，我们闻见了春的气息：森林里是苔藓、野花的芬芳；田地里是土豆苗、玉米苗、油菜苗扑鼻的清香。我和哥哥不约而同地说起父亲那句话，人要靠自己去创造历史。

母亲之伟大，就在于任何时候都能洞察儿女的所思所想。回家后，母亲忙着将竹笋倒进滚水的锅里煮到七分熟，第二日替我们背到街上卖出在我少年意识中一笔硕大的巨款。我们得到了想要的皮带，彻底防止了裤头下滑的危险；一只电子表为如今壮实的身体起到了巨大的支撑作用。

这些，现在想来，都应该算是春天的功劳。有春天功劳的事情被表弟表妹耻笑得一文不值，表弟想不通皮带、电子表能算梦想，玉米苗里能闻见春天。他在听完我的故事后的笑容里分明包裹着说不完的笑料，我知道，我说怀念的春天在他眼里是幼稚可笑的，就像彼此认为对方的少年同样无知可笑。但我感觉我怀念的春天受到了伤害。

爱情在春天不仅仅只让人类分泌荷尔蒙，对动物而言，春天是一年中爱情开始又是结束的季节，由此看来，老天对人是颇有偏袒的。一年四季，红男绿女们可以在任何时候谈情说爱，但是对动物而言，这是一段只争朝夕、机会和机遇稍纵即逝的短暂光阴。在那些长满青蒿的土坎上、碎石满地的林间小路上、阳光斑驳的房屋下，可以看见成群结队四处奔走的狗和耸立着毛发声嘶力竭勾引爱侣的猫们。

少年时，爱情不给我现实的基础，大多数十四岁以上的女孩统统辍学回家。

身体瘦弱的在家洗衣、做饭、喂猪，长得五大三粗的就跟随父母整天在坡坝里种地、薅草。教室里剩下的两个女生，一个的父亲是本校的老师，一个的父亲是村主任。只有他们不信邪，要把千金小姐培养成飞得出山沟的金凤凰。

女生流失的后遗症在半年以后逐步显现。首先是三三两两拖欠作业的男生出现，接着是一个又一个的男生突然间从教室消失，跟在那些女生的屁股后面进行土地革命去了。看着教室越来越多的空位，在同学心目中以严厉、或者说残暴著称的老师站在操场上大骂，你们这些没出息、莫长进的东西，长大以后只有挖土疙瘩，钻煤窑。

老师毕竟是老师，见多识广，有预言家的远见。那些没有长进、被春天狗或者猫的气息所勾引的男女生，现在都成了有两个孩子的父母。年轻的父亲们怀揣致富的希望，每当春天刚到，就三五结队地前往山西、河南的小煤窑。年轻的母亲们则拉着大的，拖着小的，在家里期盼等待。许多时候，父亲们在寒冬过后，拿着或薄或厚的钞票，风尘仆仆地赶回来。还有个别被老师咒骂过的人再也没有回来，魂魄变成了一捧骨灰和更厚的一沓钞票回到故乡，在妻儿们呼天抢地的哭声中完成了爱情的谢幕。年轻的女人终究熬不过成熟身体的煎熬，半年不到，就又找到新的爱情归宿。

　　十五年前的春天，好在我的父母没有在同一个寨子里为我和孪生哥哥每人物色一个早就辍学或者在家里或者在地里的"娃娃亲"的女生，要不然，我必将重复他们走过的路。那时我和我孪生的哥哥无数次抱怨父亲的刻薄，看着别人每到端午、中秋，整个背篼装满了粽子、月饼，还有烟和酒，跟随同样年纪的女同学去拜节。偶尔要好的朋友告诉我和哥哥，送节还得到了十块钱的打发。我就想到和哥哥一起上山打竹笋的艰辛，心里不由涌起无尽的难受，既责怪自己只顾读书的迂腐，也怨恨父亲的吝啬刻薄。只有老师抚摸着我们的头说，书中自有颜如玉，书中自有黄金屋。我那时认为这是最浅薄的安慰，是老师惧怕学生全部流失而采取的一种怀柔政策。好在爱情那时不眷顾我、哥哥以及另外五个同样遭遇的同学，我们才得以从山村走出来，看见更加广阔的世界。现在我最不愿见到的动物就是狗和猫，我在想，在我们都青春年少时的春天，如果不是因为这些动物发情的勾引，我那偏僻的羌寨，应该多走出许多才俊啊。

　　我的爱情最终还是在春天降临，那时我已经二十五岁了，在一个最偏远的村小待了五年。师范女同学很多刚出校门就被一个又一个工作条件优越的男人预订一空，只有同班一个最文静的女生，被我几乎矫情的文字所吸引，暂缓了谈情说爱。她的七大姑八大姨、四大舅五大叔踏破门槛要给她介绍对象，以求能在谢红媒的时候多吃两个猪头。好在她坚韧不拔，虽没有江姐那般坚贞不屈，至少顶住了多重压力。当她的亲戚们知道她的丘比特箭投向我时，一个个差点笑背过气。但是她毫不气馁。一个人不气馁具有好的意志品质，而一个人冒险把爱情押在大家都不看好的目标上时，不仅需要勇气，还需要投资意识。所以，我的妻子现在最满意的是她看中的是潜力股，最终会增值的。妻子让我明白了爱情更深的内涵，所以现在我开始学习炒股，那才是真正考验智商和情商的力气活。

最后一片枯萎的槐花飘落在尘土里。爷爷斜靠在墙角，酒精把他的脸刺激得通红。父亲还在地里劳作，儿子就在槐树下跑来跑去。我看见夕阳正要落山。春天要消逝了，我却无动于衷。

后记：也许，枯萎的槐花还将在每个残阳如血的暮春依旧飘落。而我的爷爷，再也无法斜靠在墙角，感受烧酒的滋味。我曾经聪明、可爱的儿子，他稚嫩的脚步，今生今世，永远不会再踏回青冈堡那古老槐树下的故土了。而我的父亲，早已流干了所有的眼泪。

而我，因为所有未来、希望和憧憬的灭失，对每一个春天，都无动于衷……

一束紫玫瑰

—谨以此献给在"5·12"大地震中遇难的爱子冯瀚墨

我流下无数思念的泪，但在北川的伤心之海中，也只是一滴浪花。

——题记

发表日期：2008 年 09 月 26 日　13:47

在我的意识里，2008 年 5 月 12 日，原本是一个普通得无法再普通的日子。这个日子就像这四年来每一个平凡度过的日子。早上 8 点起床，推开窗时，斜对面东溪山星星点点的土地上，金黄的油菜花开得正艳，田野的芬芳扑鼻而来。而五月的天气，温馨而舒适。

7 点刚到，我的儿子和妻子，也开始千篇一律地重复每个周一的事情。他们娘俩早早起床，儿子快乐地抱着语文书，在我的床前温习了上周学习过的生字，又预习了三遍周一要学习的课文，等到妻子在厨房喊道："墨娃，吃早饭了。"儿子乐颠颠地从我面前站直身子，用稚嫩的小手拧着我的耳朵，撒娇地说："爸爸，六一节要给我买奥特曼。"我应付地点点头。儿子得到了首肯，高兴地跑进他的寝室收拾书包去了。我开始斜躺在床头读新买的《论语心得》，听见儿子在饭桌上跟他妈妈说："妈妈，爸爸六一节要给我买奥特曼，你就带我到绵阳的公园去坐碰碰车吧。"妻子没有闲心听他调皮，催促着他赶快吃饭。

等到早饭吃完，儿子背着书包到我的床前与我道别，他穿着白色 T 恤、迷彩裤和凉鞋。儿子只有七岁多一点，但帅气、聪明、懂事，是我和妻子的骄傲，是我生活的全部憧憬和寄托，也是爷爷奶奶等老人眼里的心肝宝贝。

儿子与我匆匆挥手后，就跟着他妈妈分别去了曲山小学的西区和东区。儿子读一年级，在西区；妻子教四年级，在东区。在儿子短暂的七年时光里，这是他最后一天的学习时光，是他度过的最后一个阳光明媚的上午，我不知道，我的儿子，我的瀚墨，究竟是怎样快乐地度过的，他究竟有没有预感，死神正狰狞地站在他身后，伸出了丑恶的魔掌。

中午 12 点 10 分左右，儿子背着书包，满头大汗地敲开了门，急匆匆地将书包放在沙发上，到冰箱里去拿冰激凌。也许像所有天真的孩子一样，儿子喜爱甜食，夏天的时候特别喜欢吃冰激凌。他的奶奶这七年来，一直在帮我们照顾儿子，宠爱或者说溺爱孙子，是她的天性，因此，冰箱里总是装满儿子爱吃的冰冻零食。

大概十分钟的样子，妻子也从位于茅坝的东区学校回到了家里。儿子刚吃完冰激凌，补充了体能，见到他的妈妈，兴奋地说："妈妈，十字口在卖玫瑰，好漂亮哦。"妻子说："你一个小伙子，咋喜欢花花草草呢？"儿子说："妈妈，下午放学，你给我买一朵回来吧，我把它插在花瓶里养起来，屋里肯定香得很。"儿子幼稚的话语和快乐的想象打动了妻子，妻子笑着答应了他的要求。

儿子的愿望得到了满足，小脸上露出了笑容，飞快地拖着书包到了他的寝室兼书房，开始完成老师布置的作业。他压根儿不知道，这是他短暂一生里最后一次完成作业。在造句时，儿子有个字写不出，喊了我半天，我才慢腾腾地过去，粗略地给他讲解了一番。现在想来，心里实在惭愧而自责，要是知道这是儿子与我共处的最后时光，无论如何，我也要陪他完成作业，陪他度过短暂中午的一分一秒。

儿子向来就乖，吃饭从不调皮，这个中午也不例外。母亲早上从乡下来时，专程在地里挖了些儿子最爱吃的土豆，所以，在饭桌上，儿子看见有土豆丝，激起了食欲，他的奶奶给他盛了两小碗米饭，小家伙就着喷香的土豆丝，将饭一扫而光。儿子的良好表现得到了奶奶的首肯，奶奶说："我孙儿这么爱吃土豆，奶奶这周回去给你多挖些。"儿子点点头，飞快地把碗放进厨房，以百米冲刺的速度打开了电视。电视里正在播放动画片《哪吒》和《小虎还乡》，这些都是儿子最喜爱的节目，而中午休息的时间短暂，他得抓紧时间看看。以前，我曾经规定午饭后不能看电视，儿子不敢违抗，心里又牵挂电视，饭后总盘旋在我身边，不停地说："爸爸，中午我又不睡午觉，好无聊哦。"母亲和妻子看不过意，说，还是让他看看吧，下午放学回来就做作业，晚饭后8点半又要上床。他们三个人结成统一战线，我只得顺水推舟，成全他的愿望。

以前，刚到下午1点10分，儿子就急匆匆地背上书包，赶到学校里去了，匆匆去的目的，就是在检查作业后，能和同班的小朋友们一起疯耍。但是，这天中午，我记得特别清楚，儿子斜靠在沙发上看电视，直到1点20分，仍没有起身的意思。妻子要到学校去检查作业，开始催促儿子赶快起身，好和自己一同下楼，护送儿子走过车来车往的十字路口。妻子喊了三次，儿子才极不情愿地关上电视。刚把书包背在背上，儿子马上说："妈妈，我要上厕所。"书包丢在沙发上，开始在主卫和客卫之间跑来跑去，好像故意要气气焦急的妈妈。在两个厕所间溜达了两次，儿子才决定在主卫撒尿。撒完尿，儿子背上书包，跟在他妈妈的身后，出了客厅，但刚跨出门，儿子又折身进屋了，这个时候，妻子有些生气了。儿子说："妈妈，你等一下，我要跟爸爸说句话。"我正坐在沙发上，儿子磨磨蹭蹭地走到面前，伸出小手说："爸爸，你给我两块钱吧，下午放学后，我要买矿泉水。"儿子很聪明，充分把握了我的心理，因为，下午我要下乡出差，并且是三个月。儿子有经验，在我出差前，问我伸手要钱，把握性很大。

疼爱儿女是父亲的本性，看着儿子渴求的眼神，我笑了笑，从钱夹里拿出两块钱，交给他。儿子又悄悄说："爸爸，你千万别告诉妈妈，不然她要骂我。"我摆摆手说："知道了，你妈妈在等你，快下楼去吧。"儿子小心翼翼地把钱放进迷彩裤的兜里，撒开两腿，一溜烟地跑下楼去，留下幼稚、快乐的背影。

这个背影永远留在我的心里，刻在我的痛里，一个小时之后，"5·12"特大地震发生，我的儿子，从此再也没有回到我的身边，只是把背影留在我的记忆里。

"5·12"大地震发生后，由于王家岩垮塌，老城区被全部掩埋，我的爱子所在的曲山小学西区，恰在王家岩下，巨大的山体顷刻之间将曲山小学摧毁，掩埋。直到今天，我也不知道儿子被掩埋在哪个地方，在他升入天堂之前，没有爸爸妈妈的陪伴，经历了多少恐惧和痛苦。

写这篇文章时，电脑里正播放着孙楠演唱的歌曲《生死不离》，"无论你在哪里，都要找到你。"可是，我的儿子，你在哪里？我和你的妈妈无数次在废墟上呼喊、寻找，也不知道，你究竟在哪里？但我相信，你永远活在爸爸妈妈以及牵挂你的亲人心里。

七年，与我们相处七年之后，儿子决然地离去了，带着我们长久的思念和痛苦，飞进了没有痛苦、没有恐惧的天堂。

儿子遇难后，我流干了这三十年来积蓄的所有泪水，我原来不知道，这些悲伤竟是给爱子准备的，这些遗憾竟然是为儿子留藏的。不过，尽管我流下了无数思念的泪，但在北川的伤心之海中，我的眼泪，仅仅是一朵浪花。整个北川，整个老县城，像我们这样悲伤的父亲、母亲，数不胜数。我所知道的，在儿子就读的曲山小学西区，三个年级共有近500名学生，能够幸免于难的，仅仅区区数十人。我所知道的，我儿子所在的一年级一班，全班共44个孩子，只有一个叫任思宇的孩子逃脱，其余42个孩子，与我儿子一道，永远沉睡在北川老县城的废墟之下。

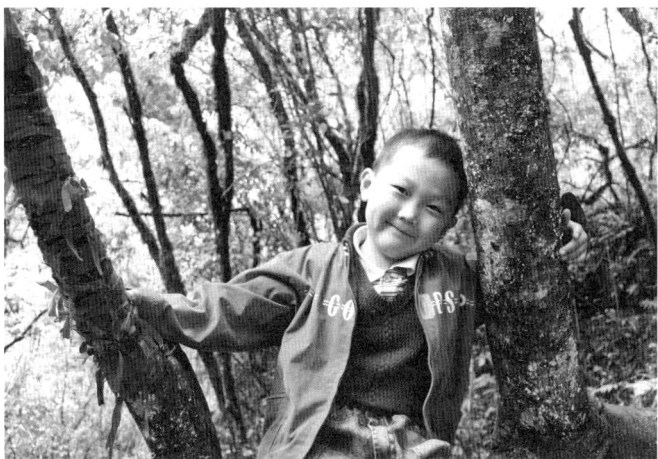

带着我们长久的思念和痛苦，瀚墨飞进了没有痛苦和恐惧的天堂。

2007年5月1日摄于小寨沟

每天早上，当血红的太阳从东边缓缓抬起头，我也知道，我新一天的忧伤和思念，又将开始。

"七七"那天下午，阴雨不止，我和妻子专程来到绵阳的碧水寺，我们给儿子买了他最喜欢的奥特曼模型，妻子专程到花店买了一大束透着芳香的紫色玫瑰花，按照迷信的风俗，我还买了一大捆冥币。在碧水寺的河边，我们把这些儿子最爱的礼物，在烟雾缭绕中送给了他。我们知道，四十九天之后，我的儿子，我们家人最爱的宝贝，将脱离苦海，升入无忧无虑的天堂……在儿子上路时，我对着不懂忧伤、依然缓缓流淌的涪江说：儿子，你是天使，带给了我们七年的快乐与幸福，你赶快给上帝请假吧，这次的假期一定不要只是七年，而是七十年，七百年，我们在等待你，等待你，重新投生到我们的家里……

如果天堂实在美好，比人间好百倍千倍，你就无忧无虑地待在上边吧，爱你的爸爸妈妈，无非是比你晚来几十年。到那时，你一定要在天堂的入口处等我们，爸爸妈妈一定把亏欠你的所有情感，全部补偿给你。

永生给你，让我尝遍撕心裂肺、肝肠寸断、刻骨铭心的痛苦滋味的爱子——冯瀚墨。

回望与铭记

——谨以此献给北川的"灾难元年 2008"暨所有遇难同胞

发表时间：2008 年 12 月 31 日　11:56

　　日子，就像曾经围绕北川的湔江河，不懂忧伤，缓慢而平静地流淌着，即使被唐家山堰塞湖拦腰截断，它也只是化作北川一滴硕大哀伤的眼泪，从高高的湖堤滑落，回望一眼已成废墟的北川老县城，带着心痛、带着悲伤，依旧向东，穿行高山峡谷，流经广袤的平原，抵达它的目的地大海。而我们，北川大地震的亲历者和幸存者们，何尝不是湔江河的兄弟姐妹，我们虽然带着痛楚，带着思念，却要依旧前行，前行，乘坐生命的单程列车，最终抵达生命的尽头，到那遥远的天国，与亲人们相见，继续着前世的情缘。

——题记

　　从 1993 年读师范开始，我就开始了写日记的好习惯，从无间断，到 2008 年 5 月 12 日，已经写了厚厚的十八本。就如我在每个日记本的扉页上所题记的：写下生命中点滴过往，留下生命里悲喜瞬间。十八本日记，成为我生命历程、心路历程最真实的记忆和记录。

而每到年末，我都会细心地梳理一年来所经历的纷繁杂芜的往事，找寻出其中重大的、有意义的事情，列成一份清单，算作是每一年生命历程的总结。想等到年老体弱，在黄昏日落或者回忆的晨钟暮鼓中，翻开人生的记忆。年年如此，乐此不疲。

而今年的人生历程清单，注定是凝重和悲伤的。这种痛楚一定是穿透纸背，穿透心灵，浸透和影响着以后每一年。虽然如此，生命不是一部断代史，悲伤也是生命历史的必然组成部分。虽然在下笔之时，伤痛似万箭穿心，却依然要把滴着血的 2008 年，一一记叙。

一场大病　灾难拉开帷幕

2008 年春天刚过，身体的零件开始出现问题，总是不停地头晕头痛，手脚发麻。北川、绵阳四处寻医，诊治为心动过缓，缓到了每分钟41 次脉搏。医生要求静卧休养。部长关心下属，慷慨地准假一个月。北川的三月，花香鸟语，气候宜人，我每日慵懒地起床，在客厅、楼顶悠然自得地静养，一月之后，在药物和时间的双重作用下，病情几乎痊愈，终于又可以开始从事自己所喜爱的工作。

半部书稿　与灾难擦肩而过

一直以来，都思索着写一部反映北川羌族民风民俗的作品，经过多次构思之后，2008 年初开始下笔，到五一假期结束，书稿已写至 10 多万字。一个偶然的机会，一个朋友偶然地推荐，时县委宋书记阅读后，赞赏有加，亲自吩咐宣传部把这件事情作为 2008 年的重点工作。宋书记亲自批了三万块钱，作为我的创作经费，要求我在奥运结束之后，将初稿写完。为了找寻一个清净的创作环境，单位领导与我在曲山、绵阳多方选择，最后亲自到漩坪木棕厂看过后，决定 5 月 12 日正式前来创作。原定于"5·12"上午由王部长送我前来漩坪，由于其他事情冲突，最后确定下午两点半准时出发，而 2 点 28 分，大地震不期而至。由于我所在的房屋坚固，我侥幸逃生。

十位亲人 一生永远的痛楚

2008 年刚刚开始，似乎就预示着流年不利。1 月 6 日，我参加绵阳市作家攀西采风行，刚到泸沽湖，就传来不幸的消息，奶奶因病去世。奶奶的去世，让我的攀西行带着莫名的伤感，虽然我知道她以 82 岁的高龄驾鹤西去，算是喜丧。伤感最终演变成为 5 月 12 日的剧痛。

关于"5·12"，我的记叙因为太多，一次一次揭开结痂的伤口，疼痛得已经麻木，但还是要记叙。因为"5·12"，让我失去了八位亲人。

冯瀚墨　男　爱子　　7 岁　遇难于北川曲山小学一年级一班

李禹恒　男　外甥　　7 岁　遇难于北川曲山小学一年级四班

侯　可　女　外甥女　4 岁　遇难于北川曲山机关幼儿园

杜明华　女　二姨　　55 岁　遇难于北川县城老街宿舍楼

蒲顺兴　男　三表爸　57 岁　遇难于北川司法局办公室

杨再碧　女　三孃　　53 岁　遇难于北川曲山机关幼儿园

蒲朝霞　女　表妹　　32 岁　遇难于北川县城老街财政局宿舍

蒲红霞　女　表妹　　28 岁　遇难于北川司法局办公室

　　亲人的遇难，使我真切地感受到生命的脆弱，人生的无常，伤痛的剧烈，幸福的短暂。

　　不过，一切都还没有结束。2008 年 11 月 24 日，我正参加市委组织部组织的灾区科级干部灾后重建专题培训班，在江西瑞金疗伤之时，噩耗再至，我的爷爷，在禹里老家与世长辞。悲伤成为剪不断的流水，不停地从心灵的河畔流过。

　　"5·12"大地震，不仅亲人遭受不幸，而曾经把酒言欢的兄弟们，一个个也先后离去，空留无数唏嘘。

邓廷元　男　32 岁　师范同学、好兄弟　北川县文教局遇难

徐元强　男　32 岁　师范同学、好兄弟　北川教师进修学校遇难

姜连金　男　41 岁　北川朋友、好兄弟　北川曲山小学西校区遇难

郭绍军　男　35 岁　教育同事、好兄弟　北川教体局遇难

陈　云　男　43 岁　单位同事、好兄弟　北川县委大楼遇难

王金才　男　35 岁　单位同事、好兄弟　北川县委大楼遇难

陈宪廷　男　55 岁　教育同事、好兄弟　北川县城住宅楼遇难

张　明　男　34 岁　教育同事、好兄弟　北川教体局遇难

王　飞　男　32 岁　教育同事、好兄弟　北川曲山小学遇难

石　勇　男　30 岁　教育同事、好兄弟　北川进修校遇难

陶进贵　男　34 岁　同事、亲家、好兄弟　北川曲山小学东校区遇难

景莲彩　女　45 岁　同事、大姐、好姊妹　北川史志办遇难

谢小莉　女　33 岁　同事、好姊妹　北川曲山小学东校区遇难

母广耀　男　41 岁　新闻同事、好兄弟　北川广播电视局遇难

计子丹　男　33 岁　新闻同事、好兄弟　北川广播电视局遇难

蹇开福　男　33 岁　好兄弟　北川财政局遇难

刘　敏　男　38 岁　教育同事、好兄弟　北川教体局遇难

……

数十位老师和学生　让曾经的记忆肝肠寸断

"5·12"大地震，由于景家山垮塌，我曾经的母校曲山初中荡然无存，曾经的无数恩师，在桃李满天下之后，永远地沉睡在冰冷的巨石之下。由于北川中学教学楼垮塌，我从教八年、毕业班教授的学生们在北川追求未来的天空中折翅。

陈　春　男　曲山初中曾经的恩师　北川教体局遇难

张玉清　女　曲山初中曾经的恩师　北川曲山初中遇难

罗仁清　女　曲山初中曾经的恩师　北川曲山初中遇难

段　云　男　曲山初中曾经的恩师　北川曲山初中遇难

段泽琼　女　曲山初中曾经的恩师　北川曲山初中遇难

廖聪珍　女　曲山初中曾经的恩师　北川曲山初中遇难

邓　刚　男　曲山初中曾经的恩师　北川曲山初中遇难

冯绍宗　男　曲山初中曾经的恩师　北川教体局遇难

姜红梅　女　1996 年师范实习时老师　北川曲山小学遇难

……

文　丹　女　坝底小学我的学生　北川中学遇难

李贵兴　男　坝底小学我的学生　北川中学遇难

李王智国　男　坝底小学我的学生　北川中学遇难

李　莹　女　坝底小学我的学生　北川中学遇难

张　涛　男　坝底小学我的学生　北川中学遇难

杨　菲　女　坝底小学我的学生　北川中学遇难

李　川　男　坝底小学我的学生　北川中学遇难

牛正飞　男　坝底小学我的学生　北川中学遇难

李　娟　女　坝底小学我的学生　北川中学遇难

张　勇　男　坝底小学我的学生　北川中学遇难

杨　杰　男　坝底小学我的学生　北川中学遇难

朱华梅　女　坝底小学我的学生　北川中学遇难

侯光平　男　坝底小学我的学生　北川职中遇难

景小燕　女　坝底小学我的学生　北川中学遇难

李　芳　女　坝底小学我的学生　北川中学遇难

唐　林　男　坝底小学我的学生　北川中学遇难

牛义林　男　坝底小学我的学生　北川中学遇难

陈　玮　男　坝底小学我的学生　北川中学遇难

熊文碧　女　坝底小学我的学生　北川中学遇难

景小丽　女　坝底小学我的学生　北川中学遇难

王　艳　女　坝底小学我的学生　北川中学遇难

尹大菊　女　坝底小学我的学生　北川中学遇难

唐小军　男　坝底小学我的学生　北川中学遇难

徐小凤　女　坝底小学我的学生　北川中学遇难

……

四移其居 我如浮萍般的生活

"5·12" 地震，我刚买不到两年、价值十八万元的房屋成为一片废墟。浮萍般居无定所的生活开始上演。

地震不久，所有单位搬迁至擂鼓镇办公。擂鼓镇距离姐姐的家非常近，姐姐家两层楼房已经垮塌减少为一层，他们齐心协力在房屋外用木杆、木板钉成一大间木屋，既凉快，又遮蔽尘土。于是乎，我从单位的帐篷移居到木屋里。姐姐、姐夫对我关怀有加，每天不论回去多晚，姐姐都要给我炒上两个好菜，姐夫陪我喝酒解乏。每晚喝着喝着，大家不由想起可爱的瀚墨，总忍不住痛哭一场，擦完眼泪，接着又喝，如此循环。

再不久，单位又迁至安昌镇，租住在农业发展银行。六楼，挺高，一百二十平方米的屋子，足足有十五个人居住，五个人一间，单人床挨着单人床，拥挤，生活习惯不相同，晚上有的 10 点就上床，有的则要半夜方睡。到八月，单位征求意见，大家都愿意租住房屋，于是集体宿舍的生活宣告结束。

到安昌时，我住单位集体宿舍，妻子在八一帐篷小学工作，到周末，我们下绵阳时，便到沈家坝姨姐家居住。姨姐家房屋虽宽，但人员众多，为了让我和妻子居住，雪峰哥高风亮节，让我们居住房间，他带着儿子睡地板，如此对付了漫漫夏季。

漂泊流浪的生活，让我的孪生哥哥心急如焚。哥哥在绵阳买有一套闲置的房屋，四室两厅，挺大的，地震前就租给了别人，租期一年，地震后，哥哥无数次与租房人协调，想把房子腾给我们居住，租房人通过侧面打听，也知道了我们的具体情况，终于搬离而去。于是乎，八月开始，漂泊的生活，终于暂时安定下来。

一年之后的未来，希望，渺茫而遥远

没有哪一次像这样，文字里那一排排冰冷的名字后，该是多么凄凉的记忆。严冬已经来临，纷纷扰扰的雪花开始装扮羌山羌水，在每一个北川人寒冷的记忆背后，对未来究竟有着怎样的期盼和希望？远山如黛，远水如丝，云遮雾绕，没有可以找寻的答案。

春节快到了，以前的春节，是每个北川人的期盼，期盼热热乐乐的团圆和聚会，而今年，春节是最难逾越和痊愈的伤口。也许，当大年三十到来的时候，北川老县城那些告慰亡灵的鞭炮、纸钱、香蜡，伴着撕心裂肺的哭泣和眼泪，才是新年最最真实的记忆。

我知道，在我写完这最后一行文字的时候，湔江水依然不知悲伤地流淌，而悲伤是永存的，在每一个北川人的心里、泪里、血液以及骨髓里。

43 个天使，你们在天堂快乐吗?

一闪一闪亮晶晶，满天都是小星星，挂在天空放光明，好像无数小眼睛。曲山小学一年级一班 43 个可爱的天使，深冬寂寥的夜晚，你们是不是相拥在湛蓝的夜空之上，深情地凝望着我们，凝望着这些想念你们的亲人。

——题记

发表日期：发表于 2009 年 01 月 09 日　11:55

过去的 2008 年，充满灰色、伤痛的记忆，我在泪海里苦苦挣扎，苦苦煎熬。同样，我也知道，一年级一班其他 42 个孩子的父母们，何尝不是在绝望与思念中沉吟。

43 个天使，43 个宝贝，毫无牵挂地走了，抛弃了所有痛苦，把一切牵挂与悲伤，留给了亲人。还有近十个孩子，他们的爸爸或者妈妈，怕他们在天堂寂寞，也在山崩地裂中进入了天堂。最让小朋友羡慕的是刘怡梅和李雯佳两个小朋友，他们一家三口都将在天国团圆。

又是新的一年，又将萌生新的希望、新的憧憬。任何事情都能忘却，但思念却永不忘却。在新年里，成都一家公司，无意中得知曲山小学一年级一班惨烈的伤亡，顿生怜悯之情，组织职工募捐了一笔款项，准备发放到一年级一班遇难孩子家长的手里，算作一份安慰和帮助。

同时，几位一年级一班幸存家长商议，准备给43个宝贝建立一个纪念网站，站名就叫"一闪一闪亮晶晶"，搭建起思念慰藉的平台。

43个已入天堂的天使，愿你们保佑你们的亲人平安。你们在天堂，也要像以前一样，在班主任胡蓉老师和数学老师曾安清的带领下，好好学，好好玩。

北川羌族自治县曲山小学一年级一班5·12大地震遇难学生名单

序号	学生姓名	性别	年龄	亲属	家庭地址	死亡证明编号	双亲情况
1	王晨曦	男	7	肖艳	禹里乡石泉街	5	双亲健在
2	熊红乔	女	7	熊贻建	曲山镇小河街	45	母亲健在
3	李禹炀	男	7	李华	曲山镇杨家街	57	双亲健在
4	袁漆宇	男	7	袁宝	安县永安镇	64	双亲健在
5	赵玲珑	女	7	赵康翠	曲山镇东溪村	73	双亲健在
6	朱思颖	女	7	李波	曲山镇曲山街	108	双亲健在
7	凡涛	男	7	凡名仕	曲山镇茅坝村	180	母亲健在
8	黄欢	女	7	黄刚	曲山镇海光村	213	双亲健在
9	王瑞伟	男	7	王新华	曲山镇城池街	265	双亲健在
10	冯楠清	女	7	冯中全	曲山镇文武街	300	双亲健在
11	母馨怡	女	7	母贤逐	陈家坝乡大竹村	309	双亲健在
12	李婷婷	女	7	邱元蓉	曲山镇曹山村	325	双亲健在
13	余韵竹	女	7	余建辉	禹里乡	341	母亲健在
14	何林洲	男	7	何全友	曲山镇杨家街	366	双亲健在
15	谢先伟	男	7	谢守全	曲山镇文武街	374	双亲健在
16	母至咸	男	7	母贤能	陈家坝乡中街	375	双亲健在
17	张雨欣	女	7	朱元美	曲山镇黄家坝	381	双亲健在
18	钟雨佳	女	7	钟代兵	曲山镇曲山街	411	双亲健在

19	王林淳	男	7	王顺全	漩坪乡杨柳村	473	双亲健在
20	张鳞杰	男	7	杨萍	德阳市白龙镇	523	双亲健在
21	郭得鸿	男	7	郭世富	曲山镇新街	529	双亲健在
22	董俊旗	男	7	董斌	曲山镇禹龙街	598	双亲健在
23	王乙旬	女	7	王小波	曲山镇杨家街	629	双亲健在
24	刘怡枚	女	7	刘向东	曲山镇文武街	714	父母双亡
25	邹相君	女	7	邹刚	绵阳市游仙区	745	双亲健在
26	杨小丸	女	7	杨邦明	曲山镇茅坝村	759	双亲健在
27	刘红梅	女	7	朱元香	漩坪乡元安村	882	双亲健在
28	李雯佳	女	7	张莫会	片口乡街道	1005	父母双亡
29	冯瀚墨	男	7	冯翔	曲山镇文武街	607	双亲健在
30	胡秀斌	男	7	胡会才	白泥乡大院村	1007	母亲健在
31	申奥	男	7	申建中	禹里乡石钮村	178	母亲健在
32	余高峰	男	7	余涛	曲山镇曹山村	165	父亲健在
33	马玲	女	7	马长宝	曲山镇文武街	525	父亲健在
34	邓大威	男	7	邓成谦	漩坪乡街道	434	双亲健在
35	赵虹多	男	7	赵学军	曲山镇茅坝街	1004	双亲健在
36	刘虹林	男	7	刘军	曲山镇茅坝街	281	双亲健在
37	熊彬彬	女	7	熊国强	小坝乡大良村	818	双亲健在
38	彭艳	女	7	彭彪	曲山镇城池街	406	双亲健在
39	兰珂	女	7	兰玉光	江油市长城街	488	双亲健在
40	曾明聪	男	7	曾文尧	曲山镇任家坪	527	双亲健在
41	周逸飞	男	7	周志强	曲山镇文武街	661	双亲健在
42	韩玮	男	7	韩国军	禹里乡石钮街	621	父亲健在
43	赵茂林	男	7	赵兵	陈家坝大兴村	591	父亲健在

暮冬琐事

——冬天虽将过去，春天却很遥远

发表时间：2009 年 01 月 18 日　10:32

"冬天来了，春天还会远吗？"英国诗人雪莱写下这行诗句时，他并不知道，寒冬过后，春天也不属于他。被牛津大学开除的遗憾，两次婚姻的失败，残酷的私奔，妻子的投河自尽，暴风雪中的遇难，并没有把诗句演变成美好的现实。同样，对于北川人而言，或者说，对于我而言，即使是百花争艳的春天，冬天依然冰冷地藏在心里，藏在痛里。

——题记

1. 再回故园

元旦假期，虽然阴雨泥泞，虽然擂禹路不能通行，我、姐姐、哥哥三人，还是翻越了积雪覆盖的龙头山，穿行崎岖难行的小路，夜栖堰塞湖的帐篷旅馆，用时一天半，赶在己丑新春的脚步到来之前回到禹里老家。

"树欲静而风不止，子欲孝而亲不在。"儿女们给父母带回了喷香的卤菜，厚厚的冬装，母亲爱吃的水果，父亲爱抽的香烟。经历过"5·12"，更觉得人生的短促，命运的无常，亲情的宝贵。几天时间里，家人们在一起烤火、聊天，我和哥哥还去了曾经就读的村小，走过了打竹笋的岩路。一切都似曾相识，可惜时光早已匆匆而过。是啊！金黄的落叶堆满心间，我们早已不是青春少年。

虽然一家人其乐融融，但忧伤的气息依然飘浮在空气里，藏在房间的每一个角落。墨墨的离去，成为一家人生命中永远的痛楚，永远的伤痕。大家虽然表面上很坚强，但心里却满是忧伤。第二天家里杀年猪，两个堂哥家的四个孩子都过来吃泡汤肉，母亲看着那些活蹦乱跳的孩子，想起了以前墨墨回家来与小狗嬉戏、跟在母亲身后放牛、帮爷爷关鸡的温馨情景，不由悲从心来，躲在屋后大哭一场。我又何尝不是如此，每当看到那些七八岁的孩子，我就要想起我的儿子，我憎恨无情的

冯翔爱子冯翰墨与
冯飞女儿冯瀚影。
2007 年摄于北川

苍天和大地，他那么幼小，那么乖巧，为什么老天不放过他，让他好好地活下去。我理解母亲最深的伤与痛，七年多的时间，儿子由我的母亲和父亲一手带大，儿子已经成为父母生命的一部分，成为他们生命里最深的期盼和寄托。我还得忍着剧痛，安慰母亲，宽慰父亲，但当看到母

亲地震后突生的满头银丝，我禁不住号啕大哭。是啊，悲伤永存，但生活还得继续。

持续的降雪，封堵了出山的路。一直等到元月六日，我们乘坐上哥哥公司派来的车，翻越白雪皑皑的土地岭，经都汶路，回到关外，回到各自原本按部就班的生活中。

2. 妻去外地

八一帐篷小学放寒假了，妻子也可以好好休息了。可惜如今的北川，不仅行政单位，就连学校，每个人都像上紧发条的陀螺，不停地旋转。妻子先是与其他同事忙忙碌碌地去擂鼓、去安昌、去板房小区，为遇难教师申报烈士称号收集准备素材，事情还没办利索，这边又接到任务，带学生去中央台录制节目。上午刚接到任务，下午就得飞赴北京，遴选学生，训练节目，把妻子忙得不亦乐乎。

不知是谁说过，孤独是一个人的盛宴，聚会是许多人的孤单。妻子离去了，家里剩下我一个人享受孤独的盛宴。但这样的盛宴，妻子知道我是享受不起的，因为我是家务的"纯文盲"，做不来饭，炒不来菜，不知道该穿的衣服放在哪里，该换的袜子放在哪里。一直以来，我习惯了妻子的奚落和照顾。有她在，我才能够生存下去；她一离开，我就如同需要照顾的婴儿，茫顾四周，手脚无措。妻子在离开前，将下周要换的羽绒服、裤子、袜子找得好好的，放在床边，才放心地离去。

妻习惯于宠着我，惯着我，虽然时不时要用"高分低能"、"百无一用是书生"等词语来评价我对家庭事务的贡献。虽然我是"家庭事务应试教育"的另类，但我知道补偿，工资、福利、稿费以至于馈赠，我都毫无保留地汇报，打算将一直独揽的家庭财政大权让妻子掌控。可惜妻子对钱比我更不感兴趣,她习惯于伸着手说,拿钱来,我就马上从钱夹里拿出数量不菲的钞票,交到她的手里,猜测着这厚厚的钞票,在她的一趟商场商务旅行之后,变成喷香的化妆品还是五彩斑斓的服装。妻对那些为了掌控家庭财政而奋斗不止的女士颇有微词,她的观点新颖独到:天天忙着数钱埋单,交水费、气费、电费的,其实才不是家庭领导呢。

我和妻子虽然结婚只有九年,但我们相识已经整整十六年了,我们由同乡、同学、同班、同桌,最后成为同床共寝的夫妻,上苍给了我们多少的恩惠和眷顾啊。结婚以来,我们相敬如宾,相濡以沫,同甘共苦,走过近十年的风雨旅程。"5·12"大地震,一场巨大的灾难面前,在与死神擦肩而过的时刻,我们彼此焦急地牵挂和寻找着对方。也在那一刻,我们才更加知道,今生寄托最深的感情,最坚固的依靠,究竟是谁。我想起了一句话:有些情感,当它可能要离开的时候,你才会深切地体会到它的重要。

3. 忙碌工作

名气已经冲出地球、抵达火星、迈向宇宙的北川,到年底的时候,更是所有人关注的对象。我知道,一旦北川备受关注,我们的工作就备受折磨。只要一到办公室,那电话铃声就响个不停:中央台要采访板房区的受灾群众,四川台要拍摄搬新家的专题片,《人民日报》要寻找需要帮扶的孤儿,日本 NHK 电视台要录制新年专题节目,美国 CNN 要回访北川英雄,西班牙 JFNY 电视台要找那个在板房开 KTV 的向兴勇……反正,可以让脑细胞膨胀的事情蜂拥而至。负责新闻的四个同志马不停蹄，焦头烂额。

不仅如此，还得全程陪同陈大桂先进事迹采访团、对口援建联合采访团，还得陪同省上相关部门的领导去视察、调研、指导。这个时候，多希望能掌握悟空兄七十二变的本领，让自己有三头六臂，能分身有术。

因此，周末成为值得期待的日子，假日成为备受怀念的日子。不过，一个朋友说得很好，对于我们而言，忙碌是好事，一旦忙起来，就没有时间去伤感，去胡思乱想。算吧，算塞翁失马，祸福皆有吧。

4. 安然有恙

地震对人身心的摧残，效果逐步显露，在我的身上尤为明显。地震后，一直睡不好觉，常常是深夜一两点钟才能入睡，早上六七点就醒来，再无睡意，脑袋整日都是糨糊着的，好像从来没有清醒过。几个月辗转难眠的夜晚也成为思考人生的课堂，在这些寂夜里，思索着死亡、活着，思索着人生、人性，思索着未来、希望。但再怎么思索，也没有形成新的哲学思想。罢了罢了，只得请医生帮我思索该怎样快速入睡。医生望闻问切，病因明了，神经衰弱，抑郁之症。给身体开了药方，也给心理开了药方，不过，到现在还毫无作用。

除了睡眠，眼睛也成了大问题。两月前就发现自己视力突减，看不清远处的物品，电脑屏幕上的字也是花花绿绿。心灵的窗户难道也沾染了尘埃？又得请医生思考这个哲学问题。结论不容乐观，视力曾经 1.5 的左眼现在只有 0.6 了，曾经 1.5 的右眼还好，还有 1.0。下降速度太快。医生说，一是流泪太多，二是用眼太过。唉，不是我看不明白，只是这世界沧桑得太快。

除了眼睛，还有右腿。5 月 17 日带 77289 部队进山，在山路摔了一跤，当时疼痛无比，后来逐步痊愈。本以为没事，可惜后来几次翻山，走不多久，右腿就疼痛无比，结论依然是医生得出，韧带拉伤。好好休养几月，不长途跋涉，才可痊愈。

神经衰弱也好，视力突降也好，韧带拉伤也好，与心里的伤痛相比，微乎其微。在这个时节，夹裹着寒冷的冬天，一切都在改变中，除了那流淌北川之泪的堰塞湖，那埋葬伤痛的老县城。

戊子暮冬于绵州想墨居

爱，在灾难中彰显和传承

发表时间：2009 年 02 月 06 日 23:29

前记：一元复始，大地回春，在告别忧伤的 2008 之后，迎来新的生命历程的开始，应《山东文学》约稿，欣然写下 7000 字的纪实文学作品《齐鲁情深满羌山》，以感激在北川大灾之后，雪中送炭的山东好兄弟。

齐鲁情深满羌山

爱，在灾难中彰显和传承，在无言的感激中永生。

——题记

如果说有什么值得骄傲的话，我会说，为我的民族骄傲。她是甲骨文上唯一记载的族号，她从六千年的历史烟尘里、从逐草而居的游牧生活里跋涉而来，踩着炎帝的足迹，翻越高山，蹚过河流，来到青片河流域、白草河流域，繁衍生息。

如果说有什么值得自豪的话，我会说，为我的故乡自豪。北川走出了治水英雄、建立第一个封建王朝的大禹；她镶嵌在成都平原向藏东高原过渡的高山褶皱地带，携小寨日出，挽九黄古风，抚禹穴溪水，更用清新的空气，如黛的远山，把北川装点成休闲度假的神奇之地。不仅是神奇，北川还是一方英雄之地，红军长征经过北川时，北川人民踊跃支前参军，为红军筹粮运粮、架桥修路、救护伤员，并有一千五百多人参加红军，走上革命道路。1953 年，北川被确定为"革命老根据地"。

苦难并没有因为我为民族的骄傲、我为故乡的自豪，而放过纯朴、善良的十六万羌人……

（一）

历史，镌刻悲情的记忆；时光，留住肃杀的瞬间。

2008 年 5 月 12 日，下午 14 点 28 分。

那是我生命中，是所有北川人生命中最黑暗的时刻，最悲伤的时刻。

短短 80 秒的强震，80 秒的山崩地裂，山摇地动，80 秒之后河流改道，青山失色，满目疮痍，古羌之地北川遭受最致命的一击。

地震发生时，正值上班和上课期间，居住在城中的居民大多在家中午休，八级强震，十一级的烈度，许多人还没有从慌乱中清醒过来，就被倒塌的楼房废墟掩埋。县城老区的王家岩，从 300 多米的高空轰然垮塌，数百万方土石倾泻而下，将老县城所在的县医院、曲山小学、幼儿园、机关单位、商住楼全部掩埋，近两万同胞转瞬之间与亲人阴阳两隔。城区东面的景家山，陡岩瞬间垮塌，巨石带着腥风血雨，砸向小河街，砸向客运站，砸向曲山初中……

一组组枯燥的数据后面，诠释着北川老县城，这座悲伤之城、死亡之城带来的震撼与痛楚。

"5·12"大地震，全县15645人死亡，4311人失踪，行政事业单位25％的干部职工死亡或失踪，80％不同程度受伤，在一段时期内处于瘫痪状态。

教育、卫生、广电等社会事业全部陷入瘫痪。全县71所中小学、幼儿园教学和师生用房全部垮塌。县人民医院被整体掩埋，80％以上医护人员死亡，乡镇卫生院、村卫生室都受到严重损毁。广播电视光纤传输杆线、卫星地面接收设备荡然无存。

地震发生后，北川县境内山体出现了数万处垮塌方、泥石流和大滑坡，垮塌数百万方的特大滑坡达100多处，山体上数公里长数米宽的裂缝随处可见。25万多间房屋倒塌，3.5万多间房屋成为危房。水、电、气、交通、通信全部瘫痪，县内国道、省道、县道、乡村公路全都垮塌损毁。

全县360多家中小企业厂房垮塌，机器设备损毁，全部无法恢复生产。遍布青片河流域、白草河流域的梯级电站所有大坝、机组被损毁。粮田、林地因滑坡被毁，100多万头猪、牛、羊、兔等家畜以及鸡、鸭等家禽被塌死或因没有饲料饿死。

次生灾害特别严重。特大地震带来的山体大滑坡阻断了北川的四条主要河流，在县境内形成以唐家山堰塞湖为首的堰塞湖十多个，总蓄水容积达四亿多立方米，滑坡体大多是泥石流，承载能力很弱，极易发生溃堤造成地震次生灾害。

（二）

汶川、北川、青川、安县、都江堰、江油，无数曾经美好的家园在瞬间坍塌，近9万鲜活的生命，在瞬间成为死寂的永恒。

特大地震可以摧毁山川，可以阻断河流，可以消灭肉体，却无法摧毁坚强的北川人。强震刚过，死里逃生的党员干部，强忍失去亲人的痛苦，不顾个人伤痛，在余震不断和随时都有垮塌方的情况下，从倒塌的办公楼废墟中爬出来，全力投入抗震救灾工作之中，抢运伤员，组织疏散，万众一心，与残暴的地震殊死搏斗。

党中央、国务院、四川省委、省政府、各级领导高度重视北川所遭受的特大地震灾情，胡锦涛总书记、温家宝总理在灾情发生后，多次亲临北川受灾现场指导开展抗震救灾工作，使北川羌汉同胞倍受鼓舞、信心十足。人民子弟兵、武警官兵、消防战士、公安干警星夜兼程，驰援北川抗震救灾，始终奋战在抗震救灾第一线，搜救伤员、疏散转移安置受灾群众。医疗卫生防疫部门积极组织药品、医疗器械对受伤群众进行救治，确保受伤群众不因救治不及时造成死亡。各级各部门积极组织运送食品、饮用水、帐篷、棉被等生活必需品，切实解决群众的吃住困难。

有人曾经这样说过，北川的抗震救灾是一场伟大的战役，成功的战役。面对地震这个无形的敌人，军地联合，干群团结，众志成城，万众一心，把千年难遇的一场灾难的损失减少到最低程度。

短短几月，全县14.2万名受灾群众得到及时妥善安置，永久性住房建设有力推进，基础设施逐步恢复，经济发展恢复有序，卫生防疫扎实有效，灾区社会基本稳定，重建规划和外援服务有效开展。

（三）

人们常说，"自古山东出好汉"。

北川受难，山东儿女看在眼里，急在心里，在北川人民最困难、最需要帮助的时候，在需要雪中送炭的时候，山东人民第一时间伸出了援手。

山东省把支援北川建设作为山东光荣艰巨的政治任务和义不容辞的重大责任，提出举全省之力，全力以赴把北川的问题解决好，帮助灾区群众渡过难关。

酷暑当头的六月，山东省委书记姜异康深入北川重灾区开展调研，安排部署援建工作。

热浪滚滚的七月，山东省长姜大明亲临北川具体落实援建工作，提出具体措施。

山东省副省长郭兆信先后6次来北川指导援建工作，陈光省长助理也多次来北川调研援建工作，给援建工作提供了强有力的领导保障。北川成为山东的第141个县，北川人民成为山东省委、省政府领导无时无刻地牵挂。

山东省迅速成立了支援北川前线指挥部，由17个市对口支援北川20个乡镇，任务到头，责任到人，考核到位，建立起了高效的对口支援工作机制。

在对灾区的对口援建中，山东创造了六个第一：

第一个成立支援四川抗震救灾协调领导小组。

第一个进入灾区开展对口衔接援建工作。

第一个派出分管副省长现场督导。

第一个在灾区召开分管市长、建设局长援建工作会议。

第一个展开大面积过渡安置房建设安装。

第一个援建完成绵阳市震后第一所"板房小学"，并在6月1日复课。

还有无数个看不见的第一，藏在北川人的泪水中，刻在北川人感恩的心中。

六一儿童节刚过，北川擂鼓小学 809 名小学生和 40 名教师的爱心专列，驶出了绵阳火车站。在地震后，他们第一次把继续读书的渴望变成现实。火车将载着他们驶向美丽的泉城，开始新的学习生活，直到当地校舍建好后，才回家乡继续读书。

地震后，来自山东的医务人员，在第一时间奔赴灾区，参与伤员救治、疾病防疫。就是到新年，仍有 205 名医疗卫生救援人员坚守在北川灾区一线，帮助北川县恢复建设县级医疗保健中心，投资 600 多万元购置配备了相关医疗器械和设备，开通了与山东 20 家医院联通的远程医疗系统，诊治伤病员，疫情监测，进行流行病调查、环境消杀，保证了北川大灾之后无大疫。

北川灾后第一个冬天，虽然山顶白雪皑皑，但板房区里的人民心里却暖融融的。山东组织开展的"送温暖、献爱心"活动，得到市民的纷纷响应，他们积极向灾区捐赠棉被、棉衣裤等急需的过冬物资。一车车御寒物资源源不断地运往灾区，确保灾民不缺衣被。全省共筹集棉被27.9 万床、棉衣裤 32 万件，全部及时运抵北川县并分发给受灾群众，北川群众度过了一个温暖、温馨的冬天。

地震刚过，山东省公安厅第一时间从全省公安机关抽调两百多名干警，组成援川工作队对口支援北川。在北川期间，他们通宵达旦执勤巡逻，救助群众，完成保卫任务，查处各类案件，保证了北川社会治安的持续稳定。在北川百年难遇的"9·24"洪灾中，山东援建干警冲锋在前，解救被困人员，清除板房区淤泥，来自山东临沂的特警钱磊，洪流中为救助被困群众，脊椎受伤，被送到市中心医院治疗，三天后，他拔掉针头，偷偷地回到队里参加执勤……

（四）

初夏五月，震后北川，帐篷急需、大米急需、被褥急需、板房急需……

北川的困难，就是山东的困难，省委书记姜异康掷地有声地说："一定要坚持以人为本，着眼长远，切实解决群众生产生活必需物资，将过渡安置与长远建设相结合，积极开展援建工作。"

山东省生产帐篷、板房的工厂开始昼夜加班。满载着山东人民深情厚谊的大卡车，千里奔驰，驶向北川。群众急需的帐篷、彩条布、大米、衣服、被褥等生活物资源源不断地运往北川，送到灾民手里。

我去过青岛，那是一个美丽的海滨城市，林立的高楼，碧蓝的海水，红色的屋顶，热情的市民。三年前一次短短的青岛行，让我对青岛顿生好感。

灾后，我没再去青岛，而青岛的兄弟却来到我的故乡，他们这次是带着艰巨的任务而来：对口帮扶曲山镇和陈家坝乡的重建。

曲山镇是县城驻地，地震伤亡特别惨重，场镇被夷为平地，上千人遇难。而陈家坝正处在地震断裂带上，强震使得山河移位，许多村庄转瞬之间消失得无影无踪。

满目残垣瓦砾，灾民哀伤无助的眼神，深深刺痛着每个青岛援建人员的心。"他们就是我们的兄弟姐妹啊，爱抚他们的心灵，让他们住上干净、舒适、防震的板房，是我们应尽的职责。"

生产争先，调运争先，安装争先，按时按质完成板房援建任务，成为每个青岛援建人的共识。

盛夏六月，烈日当头。早上天还没亮，工地早已人声鼎沸；中午，就着简单的饭菜，匆匆刨上两口，又开始了工作；晚上，工地的灯光与天上的星光交相辉映，写成一个大大的"心"字。比速度、比质量、比安全、比奉献，成为奉献爱心的内容；早出晚归、废寝忘食、加班加点，成为奉献爱心的形式。

6月2日，陈家坝乡龙湾村的张明武，在住了三周潮湿阴暗的帐篷后，搬进了干净、敞亮的板房。张明武拿着板房钥匙，激动地说："太感谢青岛人民了，他们是我们的救命恩人啊。"是啊，短短三天，在不毛之地就完成了100套活动板房的建设，了不起的"青岛速度"，从某种意义上而言，更是一种"爱心速度"。"爱心速度"不断地刷新纪录，创造奇迹，八天时间，青岛市完成了351套高考用房和校舍建设工作，用了两个月的时间，为曲山镇和陈家坝乡建设了4375套高质量的活动板房。

青岛，只是"爱心速度"的代表和缩影，山东17个市的上万援建者，在短短两个月的时间，超额完成3.3万套灾民过渡安置板房，让所有受灾群众全部住进了板房。

（五）

地震之后的北川，遍体鳞伤，唐家山堰塞湖阻塞，北茂路、北松路、邓通路，境内公路全部交通断绝，关内12个乡镇近10万群众被阻隔，灾后重建的生产、生活物资全部无法运输，成为一个个彼此互不相连的孤岛。

抗震救灾如何进行？灾后重建怎样顺利推进？

交通先行，为确保抗震救灾和灾后重建工作的推进，在第一时间里，山东省派出工程技术力量，风雨兼程来到北川，帮助全力抢通道路。

那是怎样的一条条天路啊，悬崖上吊着绳索打炮眼，在靠近万丈深渊的羊肠小道上行走。死神时时在身旁游走，这些算得了什么呢？

短短100天，都坝至白坭路段26公里道路全线贯通，白坭至开坪35公里道路新修完成，都坝至小坝片区的通道顺利连通，能够绕行进入关内。

在山东援建人员的帮助下，安县全播鼓和曲山、通口、香泉路段，桂溪至贯岭、都坝和陈家坝路段，墩上至坝底、马槽、白什、青片路段共300多公里，确保了援建队伍和救灾物资进出的"生命线"畅通。

不仅仅是交通，在山东兄弟的帮助下，北川快速恢复建设公共服务基础设施。17个对口支援市对20个乡镇的长远发展、项目支援、产业对接等进行了深入研究，帮助乡镇进行场镇建设等配套公共服务设施建设和产业发展项目的规划设计，为北川重建描绘出一幅崭新的蓝图。

（六）

春节陪同记者采访，在擂鼓、曲山、禹里，见到一幢幢崭新的房屋拔地而起，红砖碧瓦，窗明几净，家家户户门前挂着洁白的羊头，像在祈祷来年的幸福康泰。

在曲山镇石椅村，邵小波拉着记者的手，流着泪说："为了帮我设计出富有羌族特色的房屋，山东领导来来回回奔波近十趟。"

在禹里乡三坪村，羌族妇女黎月萍坐在新建的两层小楼前，脸上的笑容与春色融在一起，与金黄的玉米垛子映在一起。"虽然在地震中我的房屋倒塌了，但在党委政府的领导下，在山东滨州人民的支援下，又修建起了新房，太感谢了。"

姜异康书记非常关心北川的永久性农房建设，在北川考察时，他满怀深情地说："我们要举全省之力，帮助北川解决农民永久性住房建设，全心全意支援北川推进灾后永久性农房建设。"

在山东省对口支援办公室副主任、北川工作指挥部总指挥徐振溪的积极协调下，山东省为北川灾后永久性农房建设拨付1.8亿元农户永久性住房建设补助，1.8亿元农户永久性住房贷款贴息，2亿元社会主义新农村建设补助。

为了帮助编制农房规划，山东省17个对口支援市分别派出规划力量，对20个乡镇永久性农房建设进行规划设计。17个援建市组建了技术咨询服务组，选派专业技术人员走村串户，巡回指导，分期、分片对当地技术工人进行培训，为建房群众提供技术指导服务，并吸收当地工匠参加技术指导，更好地体现了羌族民族特色，配合北川县做好社会主义新农村建设的基础工作。

"授之以鱼，不如授之以渔"，山东迅速做出长远规划，开展产业对接，支援项目建设，筹备规划建设北川-山东产业园，按市场化运作方式，鼓励企业投资建厂，兴建商贸流通等市场服务设施，参与经营性基础设施建设。山东省愿意倾全力，帮助建设工业园区，完善工业产业体系，使北川财政收入状况迅速好转。

山东省根据北川实际，依托各个乡镇的特色资源，编制产业发展规划，发挥援建市自身的产业优势，引进龙头企业，带动各地特色产业迅速恢复发展。坝底乡大力发展高山蔬菜，青片乡大力发展羌族特色旅游，小坝乡、片口乡大力发展药材等特色种植……一幅幅新的蓝图，在山东兄弟的帮助下，正精心地描绘着。

（七）

5月22日，阴天连绵。大地震后，温家宝总理再次来到北川县城外的高地，面对被夷为平地的老县城，默默地环视着，神情凝重。准备离开时，他忽然转过身，挥起右手和这座成为废墟的县城告别，并对陪同的干部群众说："我们要再造一个新北川。"

11月16日，温家宝总理视察了安昌河对岸的新县城备选地，现场听取北川新县城规划情况汇报后指出，新县城要按照"安全、宜居、特色、繁荣、文明、和谐"的十二字标准进行建设，要努力使新北川县城成为"城建工程标志、抗震精神标志和文化遗产标志"。

12月20日，北川新县城总体规划通过了住房和城乡建设部、四川省建设厅专家组的联合技术审查。在北川县委、县政府加紧进行详细规划和近期重点建设项目的方案设计时，山东省密切跟踪规划进展情况，积极为县城援建做好准备。

一批批专家满怀深情来到北川，与工程技术人员一道，积极做好先期介入的准备，掌握规划编制工作细节。

山东确定了科学援建模式，即省里统筹协调，分市包干援建，实行项目管理。各市根据对口支援乡镇项目建设进度和完成情况，将新县城和工业园区项目分解落实到各市，力争在 2009 年一季度启动新县城建设，力争 2009 年 9 月 1 日前，新县城主要道路和部分公共服务设施建成并投入使用，让居住在板房区的居民能顺利入住新县城。

10 月 8 日和 28 日，在济南、在绵阳，山东与北川共同组织召开投资合作项目推介会，《北川—山东产业园区建设合作框架协议》顺利签署，山东 300 多家关心、支持北川灾后重建的企业踊跃参加会议。一批又一批企业到北川考察洽谈投资项目，部分企业达成了投资合作意向。

北川人相信，有山东兄弟支援，有全国人民的关心支持，一个崭新的北川县城，将矗立在美丽的安昌河畔。山东人相信，爱心凝聚的力量是巨大的，爱心描绘的未来是美好的，一个古韵悠扬的新县城，一定会抹去北川人内心曾经的悲伤。

（八）

当新年的第一抹曙光叩开北川山野的大门，当曾照耀泰山之巅的新年第一缕阳光，照耀古羌大地时，我们坚信，风雨之后，定是艳阳高照；我们坚信，当齐鲁之风吹拂羌山，其实就吹响了曾经欢快的羌笛和锅庄。

己丑初春于绵州想墨居

子殇行

——献给远在天国的爱子冯瀚墨八岁生日

发表时间：2009 年 02 月 24 日　11：21

思念，在日落的黄昏萦绕；伤痛，在寂静的夜里歌唱。

——题记

我曾经以为我很坚强，但是我错了，我从来都沉浸在丧子的悲痛之中，没有真正走出过一步。我曾经尝试着忘却，曾经尝试着寻找快乐，曾经尝试着重温幸福，然而，一切却总是渐行渐远，只有悲伤时刻陪伴着，不管是硕果累累的金秋，还是白雪飞舞的寒冬，抑或是这樱花烂漫的仲春。

我知道，我们曾经所有的快乐，所有的幸福，所有的憧憬，所有的梦想，所有的未来，都被一个人带走了，都被远在天国的儿子带走了。他不仅带走了这些，还带走了父亲母亲积攒了三十多年的眼泪，带走了爷爷奶奶曾经茂密的黑发，留下的只有萦绕在白天黑夜那抹不去的清愁和忧伤。

而在这个乍暖还寒的春日，在儿子八岁生日来临的时候，那种撕心裂肺的痛楚，那种万念俱灰的思念，揪住心底每个柔弱的细节，缠绕，缠绵……直到泪水横流，直到身心疲惫。

七年啊，两千多个日日夜夜，从妻子怀上他的那一刻起，他就成为全家人梦想的托付。三个月了，他开始在妻子的肚子里展示生命力旺盛；六个月了，他在妻子的肚子里拳打脚踢。我们把所有的幸福、快乐、期待写在脸上。在他要出生的前三个月，我绞尽脑汁，为他

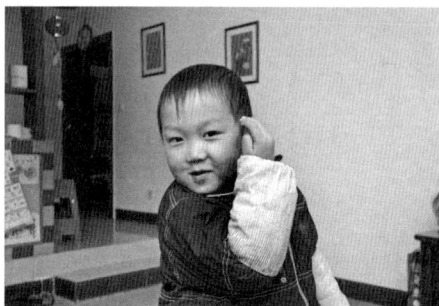

他曾经快乐地生活过。

2007 年摄于北川家中

取下人见人爱的名字：冯瀚墨，期望他能够在浩瀚的墨海中成长，成为一个有知识、有修养、有文化的人，成为一个青出于蓝而胜于蓝的人。

永远记得那一天，2001 年 2 月 23 日，农历二月初一，下午 2 点 59 分，我的爱子，带着一声啼哭，来到了人间。永远记得把他放在床上时，他鼓着一双黑汪汪的大眼睛，看着这五彩斑斓的世界，看着周围陌生的亲人。

也就从那一刻起，我们开始了为人父母的欣喜和快乐。爱子瀚墨在哭声和笑声中成长，月子里，他晚上闷着脑袋快乐地睡觉；白天，他用黑葡萄般的眼睛，凝望充满童真的世界。他从不夜哭，很少把尿撒在床上。他的奶奶常常说，我这个乖孙儿，才逗人爱哦。

半岁开始，因为我和妻子工作都忙，爱子开始由爷爷和奶奶轮换着照顾。瀚墨时常坐在竹背篓里，坐在椅车里，被父亲每天带着，在坝底，那个宁静的小街上溜达。我从父亲的眼里，分明看到了慈爱和满

足。等到家里农活繁重时，瀚墨就跟随爷爷回到青石宁静的小山庄。

七年的时间里，在青石那宁静的山村，瀚墨留给了爷爷奶奶多少快乐的晨昏啊。在山村，他学会了喊爸爸妈妈，学会了叫小鸡小狗，学会了跟在爷爷身后放鸡放牛。今年春节回到老家，看着儿子留在抽屉里的口哨、铅笔、玩具，还留在衣柜里的衣物，不禁悲从心来，潜然泪下。瀚墨，知道不，自从你离开我们这个幸福的大家庭之后，你的爷爷整日以泪洗面，你的奶奶一夜白发。瀚墨啊，当你在遥远的天国思念起你的爷爷奶奶的时候，请你为他们托个好梦，请你放轻脚步，悄悄地回到老家，看看被你昵称为"小黑"的狗，看看被你昵称为"小黄"的牛，看看你曾经走过的、曾经布满尘土的山路啊……

冯翔和爱子冯瀚墨
2007 年 5 月 1 日摄于
小寨沟

春节回家的时候，我和爱你的伯伯商量过了，当你爷爷奶奶百年之后，我会为你修葺一座衣冠冢，立上一座碑，上书：爱子冯瀚墨衣冠冢。我还要写上一句悼词：他虽然痛苦地离去，但他曾经幸福地来过。你将永远依偎在爱你的爷爷奶奶坟前。

我和你妈妈也留下了遗言，不管三五年还是多少年之后，一旦我们离开了这个世界，我和你的妈妈，会将自己的骨灰，撒在曲山小学那棵皂角树下，因为那是你遇难的地方，爸爸妈妈将永生陪着你，不管世事沧桑，海枯石烂，直到这个星球陨灭的那一天。

一岁时，瀚墨学会了走路。一岁半，瀚墨就能熟悉地、用奶声奶气的语言招呼所有亲人。三岁了，瀚墨就会拿起画笔，在墙壁描绘未来的蓝图。四岁时，瀚墨就能熟练地运算20以内的加减法。五岁时，他就能写出漂亮的汉字。瀚墨的家婆和家公时常夸赞他，小家伙是年纪相仿的三个姐弟中最聪明的。自豪之感溢于言表。

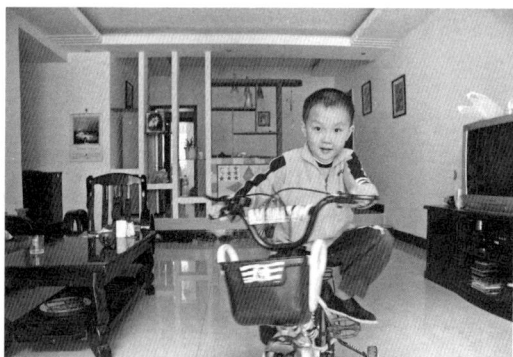

瀚墨在家中客厅玩耍　　　　　　　2007年摄于北川

六岁的瀚墨，最懂得心疼人。瀚墨知道妈妈每天上班辛苦，当他妈妈下班回家，小家伙就会连忙给妈妈拿鞋。瀚墨知道自己的爸爸很少在家，爸爸在外出差采访时，瀚墨总是在电话里叮咛爸爸要注意身体，不要感冒。不仅如此，瀚墨还是最孝顺爷爷奶奶的孩子，不管是幼儿园、学前班，还是一年级时，每天下午发的奶，他都要留一份，周五时他稚声稚气地把奶交给奶奶，让奶奶给爷爷带回去。

七岁的瀚墨懂得努力学习。他努力成为老师的好学生，同学的好朋友，爸爸妈妈的好孩子。期末考试，他双科100。他喜爱画画，星期天，他总是蹦蹦跳跳地去文化馆上课，把画好的风景带回给爸爸妈妈。

不仅如此，瀚墨还是个懂得节约的孩子，他把压岁钱交给妈妈保管，把平时节省下来的钱，让奶奶帮着在银行开户存起来，五个月就存了 300 多块，因为他有个梦想，等到零花钱存到 1000 块，就给自己的妈妈买个电动车。

爸爸妈妈给瀚墨许下了诺言，六一节加入了少先队，爸爸一定给买奥特曼，妈妈带他去公园坐碰碰车……

他还有伟大的梦想，考上大学，到北京去读书，长大了，有钱了，给爷爷奶奶买个大飞机……

但是，残忍的老天，在"5·12"，那最血腥和黑暗的两分钟，让我痛失爱子，留下永生的痛楚和思念。

瀚墨，明天，就是农历二月初一，就是你八岁的生日。星期天，爱你的爸爸妈妈、家婆、伯伯伯娘、大姑父、姨娘，带着无尽的思念，来到斜阳倾洒的老县城，来到你曾经幸福生活过的地方。我们给你带来了鲜花，伯娘给你买了最爱吃的、大大的生日蛋糕，大姑父带来了你最爱喝的饮料和糖果，

人面不知何处去，桃花依旧笑春风。

2006 年摄于北川果园

姨娘给你买了小玩具。我们来到这块伤心之地，陪你度过你八岁的生日。

对了，还有，瀚墨，你爸爸的一个朋友，请佛教界的高僧，在你生日来临前，专程为你做法事，为你超度亡灵，为你祈祷，为你祝福，为

你许一个没有苦难只有幸福和快乐的来生。

我们知道，你一定在遥远的天国，透过灰黑的云层，看见了我们，看见了我们的眼泪，看见了我们的痛楚，看见了我们的绝望和孤单。

瀚墨，你要记住，你曾经幸福地来过。瀚墨，你要记着，你的亲人们永远在心里记着你。瀚墨，你更要记住，一定在天堂的入口处等着我们，也许一年，也许十年，也许多年之后，我们一定会来找寻你，我们要补偿曾经未给予你的幸福和快乐……

那一夜、那一月、那一年、那一世……

发表时间：2009 年 03 月 05 日 16:05

那一夜，我听了一宿梵唱，不为参悟，只为寻你的一丝气息。

那一月，我转过所有经轮，不为超度，只为触摸你的指纹。

那一年，我磕长头拥抱尘埃，不为朝佛，只为贴着了你的温暖。

那一世，我翻遍十万大山，不为修来世，只为路中能与你相遇。

那一瞬，我飞升成仙，不为长生，只为佑你平安喜乐。

那一天，那一月，那一年，那一世……

那一天
闭目在经殿的香雾中
蓦然听见
你诵经的真言

那一月
我转动所有的经筒
不为超度

只为触摸你的指尖

那一年
我磕长头匍匐在山路
不为觐见
只为贴着你的温暖

那一世
我转山转水转佛塔
不为修来世
只为在途中与你相见

天空中洁白的仙鹤
请将你的双翅借我
我不往远处去飞
只到北川就回

——改自六世达赖喇嘛仓央嘉措《那一世》

春之断章

发表时间：2009 年 03 月 17 日　01：16

以前惜春爱春，总在春天将逝之时，无尽留恋缠绵。两年前，为了挽留春的景致，挽留遍野的绿柳花香，专门写下《春逝》散文，并发表于一著名杂志之上。

现在看来，那篇《春逝》，其实就是冥冥之中写给那个灾难密布的春天，不但春天消逝，我的爱子，我的亲人、同事、朋友、学生，都在春天的午后成为永恒。

如今，意识里早没有了春的印象，闻不到春花之香，看不到春草之绿，悟不到春色之美。曾在一次酒后对友人说，对我也好，对很多与我相同际遇的人而言，年岁的四季，只徒留寒冬珍藏于记忆之中了。

——题记

1. 春节冷清，初一方与妻匆匆回到堰塞湖之上的老家，与去年相比，物是人非。节日的气息，被浓浓悲伤吞噬。

2. 节后与朋友相聚，大醉而归，把去年尚未落完的泪与哀愁，统统交给那个伤感的年份。

3. 父亲放心不下三个子女，从老家翻越擂禹路下来看望，哽噎的是我们，不是老父，仅仅不到一年，灾难已给父亲刻下佝偻的伤口，父亲白发多了，父亲脸庞瘦了，父亲的气色弱了。在老县城的望乡台，我第一次，见到了父亲三十多年的哭泣和眼泪，那老县城的废墟下，永远埋葬着他最疼最爱的孙儿。他这是来凄苍地看望与道别。

4. 上周末，作协笔会，三十多人齐聚戈家庙，赏桃花，谈诗文。我想起了一句话。孤独是一个人的盛宴，聚会是许多人的孤单。

5. 一个阴冷的清晨，母亲告诉我，老家的刘段军死了，四十岁不到，醉卧水塘冻死了。这个依然寒气逼人的暮春，死亡的消息让我如此平静。我想告诉母亲，我常常闻到死亡的气息，飘荡在田野，游荡在天际，时远时近，忽浓忽淡，但我什么都没有说，我怕母亲担忧。

6. 某无良电视台，要拍北川人民的感恩，他们设想残忍的道具，是让纯朴的北川人捐献角膜。厌恶至极。有同事问我，捐献否？我说，恕我无法感恩，我要留着我的眼睛，死后才好在天堂寻找我的儿子，好好照顾他，补偿对他的爱。

7. 表妹彩霞的生日，她喝醉了，她哭了，还出车祸了。她醉，是因为思念天堂的儿子；她哭，是想念远在天国的母亲；她出车祸，是印证人生的苦难毫无止境。

8. 妻告诉我，丧偶的同事结婚了，从地震后三个月开始，陆续不断。同学告诉我，丧偶朋友结婚了，用的闪电加迅雷的速度。熟识不熟识的单身朋友，委托我找寻地震失去的另一半。我其实知道，爱情比不得现实，永恒比不得孤寂。我把年少时写下的情诗送给了焰火。

9. 周年快到了，我得为死去的北川，为活着的北川，留下些值得铭记的东西，因此，编撰纪念书籍也成为我温暖自己的慰藉。

10. 一个偶然的寂夜，一次无意的点击，听到了郑智化的《别哭，我最爱的人》，我认定，老郑这首歌，一定是受天堂里的亲人、朋友和同事的委托，写给我，写给你，写给北川那些失去亲人的幸存者的。因此，这首歌，成为每个孤独午夜的陪伴。

清明，来自天国的电话号码

> 你们再也看不见我们的泪水，我们的容颜，但能感受我们痛彻骨髓的思念。

——题记

发表时间：2009 年 04 月 02 日　23:09

每个北川人哀伤的日子，也是老天哀伤的日子。百日祭，北川阴雨连绵；半年祭，北川细雨飘落；清明节，北川淫雨霏霏。天上的雨水与离人的泪水交织在一起，把死城北川一层层伤痕，冲落得斑驳淋漓，把亲人的思念，混沌得支离破碎……

我知道，老天应该是在忏悔，忏悔大地的无情，忏悔自己的无义。是无情的苍天与大地，让北川，羌韵悠长的古羌之地，治水英雄大禹的出生地，休闲度假的徜徉地，让曲山那座青山葱翠、河流如黛、街道曲行的小城，在两分钟之内，完成从幸福到灾难的嬗变……

清明之前，因为需到老城执勤，因为可以回到曾经的家园，因为可以陪伴儿子四天，我带着香蜡纸钱，带着一颗破碎得犹如沉渣的心，来到这座白天是死城、晚上是鬼城、亲人来祭奠是哭城的老县城。

在茶厂外的那块能望见我住房的空地上，青烟中，我把思念捎给爱子，把惋惜捎给同事，把痛心捎给朋友，把遗憾捎给学生。天堂的人们啊，你们再也看不见我们的泪水，我们的容颜，但能感受我们的思念。

在寻找一个朋友号码的时候，曾经熟悉的号码不时从屏幕上蹦显出来，曾经熟悉的名字，曾经熟悉的数字，变成了死亡的永恒。陈云、陈宪廷、段云、何安忠、徐元强……我的朋友，我的同事，我的老师，你们在天堂可好？你们是否得了永生，脱离了苦海，不会再像我们一样，在思念与痛苦中日夜煎熬……

我拨通了师范时的同学、实习时的好友、工作中成为挚友的邓廷元的电话号码15882797066，没有听到他熟悉的、略带磁性的声音，听筒传来的是一阵提示音：对不起，你所拨打的用户已设置呼入限制……几次重复之后，就是长久的忙音。

这些号码，曾经是我们联系工作、连接友情的数字，更是一串串温馨的过往与记忆。

这些号码，在多次更换手机时，我都把它们复制过来，我相信，有这冰冷的数字在，就有你们的身影在。

今天，记录下这些号码，我的朋友们、同事们，我在今天与你们的通话，就是搭起通往天国的阶梯……

邓廷元　15882797066　挚友　北川文教局遇难

陈道胡　13696291688　冶城老乡　北川县政府大楼遇难

曾安清　13088119066　瀚墨老师　曲山小学遇难

陈开双　13990173212　坝底朋友　北川地税局遇难

杜明华　08166374470　二姨　北川医药公司遇难

徐元强　13408118188　挚友　北川进修校遇难

陈　云　13981119107　同事　北川县委大楼遇难

龚　明　13990138439　初中同学　小河湾遇难

单苏红　08166592753　瀚墨幼儿园老师　曲山幼儿园遇难

郭绍军　13547136631　好朋友　北川教体局遇难

何安忠　13890114916　好朋友　北川司法局遇难

贺大军　13890104553　好兄弟　北川县医院遇难

胡　蓉　13980147216　瀚墨班主任　曲山小学遇难

姜红梅　15984636188　实习时带我的老师　曲山小学遇难

姜连金　13981149887　好朋友　曲山小学遇难

蹇开福　13990124982　亲戚　朋友　北川财政局遇难

景洪仁　13550801371　坝底亲戚　北川文化馆遇难

景连彩　13700964680　大姐　北川老街十字口遇难

谢晓莉　13990184999　同事　朋友　曲山小学东校区遇难

母广耀　13890198300　朋友　北川广播局遇难

李永强　13881152869　好兄弟　北川曲山小学遇难

孟　英　08166591263　朋友　邮政局老街十字口营业厅遇难

蒲顺兴　61868（小号）　亲人　北川司法局遇难

蒲朝霞　15908240890　表妹　北川民政局遇难

王芳蓉　08166592938　同学　朋友　北川老街十字口遇难

王华邦　13696270208　朋友　北川教体局遇难

王金才　13778067711　同事　朋友　北川县委大楼遇难

谢兴鹏　13981198395　文友　北川文化馆遇难

张　明　13208288045　坝底小学同事　北川老街遇难

赵正段　13890162827　同学　北川老街十字口遇难

徐光辉　13990161096　朋友　北川文化馆遇难

……

　　还有王飞、陶进贵、石勇……我曾经的朋友；还有刘辉、计紫丹、左平……我曾经的同事；还有文丹丹、李贵兴、李王智国……我曾经的学生，以及那无数在县城熟识的各单位朋友，愿你们在天堂一切安好，也保佑在地上的亲人们，能一切安好。

　　清明时节，改用徐志摩的一句话：你有你的，我有我的，方向；你记得也好，最好你忘掉，在这思念时互放的光亮！

己丑暮春于绵州想墨居

清明，记忆的碎片

说好周年之后不悲伤，但思念的痛，究竟往哪儿存放。

——题记

发表时间：2009 年 04 月 08 日　02:19

1. 清明，原本就是伤感的词语，以前体会不深。今年不同，在纷乱的泪水中，体会了最深的思念和伤痛。今年的清明，属于哭泣的北川……

2. 4 月 1 日，北川县城开放第一天；4 月 1 日，愚人节。苍天和大地与纯朴的北川人开了最残忍的玩笑。4 月 1 日，雨雾弥漫着老县城的每个角落。那是苍天的眼泪，苍天忏悔的泪水。

3. 县城开放的第一天，买了香、蜡、纸钱，给儿子买了衣服，快一年了，活泼好动的儿子衣服也该换换了。在邻近住房的空地上，在紫黑色的烟雾缭绕中，流淌下无数凄苦的泪水。终于知道，积攒了三十多年的泪水，为谁而流；终于知道，一直苦苦留恋的幸福，早走到了尽头。

4. 在县城，看到了无数熟人、无数朋友，揉着眼，流着泪，叹着气，挪着步，不敢相向，不敢寒暄，都怕触动心底那最柔弱的弦……

5. 4月2日，只陪同了儿子一天，逃离了县城，因为其他的任务要出差，因为惧怕一座城市无助的哭泣……妻3日去了县城，为天国的儿子送上更深的思念……

6.《回望北川》纪念书籍编撰进展顺利。虽然劳累，虽然每天加班，但为死去和活着的北川尽微薄的力量，以告慰已入天国的同胞，怎样都值得。

7. 在清明，与多年的至交有了裂痕。经历了那个黑色的五月，经历生与死的痛苦，这一切于我已没什么。我不怪他，要怪只怪这个浮躁的世界。

8.《望乡台》引起共鸣，勾引出朋友们的眼泪，被几家刊物选中刊发，《剑南文学》拟编入纪念特刊，《西蜀》也将刊发。

9. 妻去了上海，留下我独自一人。妻担心我的忙碌，我的生活，时时短信提醒，照顾牵挂不已。独处的时候，想起她对我的种种好来。有些感情，时间的沉淀才能感受它的甘洌。

10. 阿桑，一个寂寞的歌者，在清明时节，悄悄离开，抵达永恒，她用心演唱的《寂寞在唱歌》，成为每个寂寞午夜的陪伴。

幽州燕郡行

发表时间：2009 年 04 月 18 日　14:17

己丑暮春，周年将至，龙门惨烈，历历在目。为悼逝者、励生者，石泉地震幸存者羊羽，奉上之命，编撰史辑石泉回顾。剑南晓林君竭力扶持，苦熬数日，雏形初具。辑撰之初，为使陋作名扬四海，声震寰宇，有智者谏言，上达幽州礼部尚书，求其翰林墨宝，益使蚁字增辉。斟酌数日，首领钧俞允，遂备出行之资，选良辰吉日，从绵州南山始发，驾鲲鹏御风而行，不过二三时辰，及至燕郡。

所见人流熙熙，车流攘攘，犹姥姥之入红楼，黄包闫君，兼做导向，细数幽州近年之变，果见其然。暮入礼部后府右客舍。独居京师，落寞袭人，偶观舍前蜀人餐厨，欣喜异常，酌牛栏山二两，饮燕京三瓶，醺然入睡。

即日早起，备晋见之物，择长安左门，戍者查验，礼部接迎。尚书巡边，参谋之室吏者夏兄云海，接纳小憩，后谋室主吏陶君骅者，执手相见。余阐来意，欣然而迎，速将书案上递，倚望上达翰林。然。

午，陶君、夏君诸人，于国二宾置宴相请，盛情难却。觥筹交错，山珍海味尽入腹中，席间，叙龙门山之惨烈，陶等诸君泪落襟带，无语哽咽，其状凄然。餐后依依道别。

翌日，复乘鲲鹏，直抵绵州，完备辑录。以为是。

我只告诉您三点

发表时间：2009 年 04 月 20 日　00:16

第一，我本苟且偷生，不要逼我，我很少爆粗口，但是，请您，请您手下留情，不要让我无路可走，真的，我活着，只是因为我相信朋友，相信友谊，求您，不要把我认为最美好的东西，在它背后把残忍的一面撕裂给我看。

第二，我对生死，早就置之度外，我想告诉您，人这一生，生命是短暂的，死亡才是永恒，您能告诉我，您不朽吗？您永垂吗？告诉您，不要逼我，真的，不要逼我。好不好？

第三，其实吧，人生，也就匆匆几十年，您很好，您花好月圆，您寝食无忧，您还想干什么？您觉得我活好了？您觉得我如意了？您觉得我舒服了？所以您不舒服。您不如意。您不爽快。朋友，您究竟要干啥？明说好吗？我连"5·12"，我连最悲伤的丧子之痛，我都忍受了。您说，我还有什么不能忍受？是不？

我说过，孤单，是一个人的盛宴。聚会，是许多人的孤单。当我某一天，永远地离开了您，您快乐吗？您高兴吗？

真的，我告诉您，别这样，好吗？与人宽容，也就与己宽容……

（我对古代汉语、现代汉语都有研究，我依然用您来称呼，说明我仍然尊敬你，何必呢，何必呢……）

很多假如

发表时间：2009 年 04 月 20 日　00:53

假如，某一天，我死了，哥哥，请您担当起照顾父母的重任，我来到这个世间，本就是来体会苦难，承受苦难的。要不，我们怎么能以孪生兄弟的面目出现。

假如，某一天，我死了，妻子，请你不要悲伤、抑郁，是我这三十年来，最亲近的朋友——抑郁——带走了我，也就带走了所有的悲伤。

假如，某一天，我死了，爸爸，请您不要哭泣，我真的活得太难了，人生为什么总是充满苦难，充满艰辛，充满离愁……

假如，某一天，我死了，妈妈，请您不要难过，短短三十年，我体会到了您对我的爱，对我无微不至的关照，但是，我实在觉得活着太痛苦了，请您让我休息吧，真的，让我好好休息休息……

假如，某一天，我死了，儿子，那是我最幸福的事，我会让你妈妈，把我的骨灰，撒在曲山小学的皂角树下，爸爸将永远地陪着你，不弃不离……儿子，你离开了，爸爸没有了未来，没有了希望，没有了憧憬，与你相聚，是爸爸最大的快乐……

假如，某一天，我死了，亲爱的朋友，请你们不要忧郁，我的离去，让很多人快乐，让很多人舒服，我的存在，是他们的恐惧，是他们的对手，一个对手的离去，对于他们，是多么值得庆贺的事情啊！

假如，某一天，我死了，我的儿子，我还是要提到你，我们将不离不弃，永远在一起……相信一个父亲，对你最深、最深的爱……

假如，某一天，我死了，亲爱的网友们，感谢你们一直以来的关心、爱护，我相信，假如，我在天堂，我能够进入天堂，我会许你们，一个没有痛苦的来生，谢谢你们……谢谢……

不知道他在天堂是否也有如此宁静而恬淡的笑容……

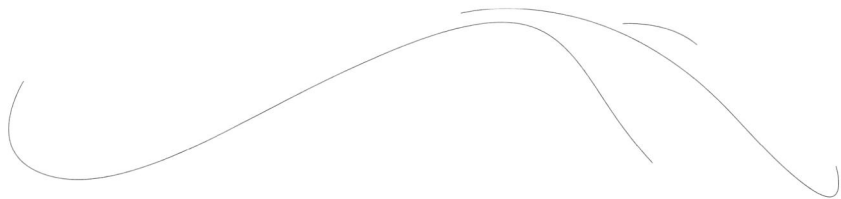

木叶鱼
中短篇小说

木叶鱼

一

　　已有三年没有吃从青片河里打出的木叶鱼了。自从鱼头带着他祖传的捕鱼秘诀，永远地沉睡在屋后那个太阳经常照耀的山坡上；自从木叶鱼失去了那个介乎于敌人与朋友之间的干瘦老头后，就拒绝从河道那些暗礁密布的缝隙如赶集、赴宴般串进我和岳父布下的天罗地网里。我能够想象，这些普通的木叶鱼的祖辈、父辈，甚至于经常听见河岸边懵懂少年嘶哑高歌李宇春的歌曲而变得现代的鱼族们，也在怀念那个已经死去、或许正在天堂花园里散步的干瘦老头。我的怀念是最最深的，鱼头送给我的那个用了五十多年、被水浸泡成古铜色的鱼篓，挂在我书房的墙上，成为我怀念鱼头的道具，也是那个灰色夏天的代名词。

　　鱼头的去世掏空了很多人的眼泪，方式多种多样：五十多岁的秀姨是号啕大哭、惊天动地，四十多岁的岳父双眼红肿、泪水横流，那些孙辈、曾孙辈因为走在流行的最前沿，因为别人的痛哭而情不自禁。只有我，表面上平静如水，泪水却在心里肆意奔流，如果能够计量，我想流下的泪水，鱼头用了五十年、能够装下五斤木叶鱼的鱼篓可能也装不下。悲伤是短暂的，一如既往的生活才是长久的。三年时间，已经让那些还活着的亲人的悲伤荡然无存，而我的怀念，却在时间的河流中，如细腻的泥沙，越积越多，越积越厚。

我是鱼头在这个世界上最后五年的朋友，是他在最孤独的时候遇见的朋友，一个能够倾听他同一个故事重复二十七次的朋友，是一个别人都反对他的意见、而我最坚决拥护的朋友，虽然这种拥护绝大多数时候是违心却不违反原则的。我知道，除了木叶鱼，以前他没有多少朋友，那些几十年的老朋友都像秋天的落叶，被无情的时光一点点、一个个地带走了。只有他是被死神有意无意忽略的人，在走过了七十几个人生岁月后，还依然健步如飞的人。鱼头总结的人生经验中最重要的一条，就是没有十全十美的事，时间给了你长寿，同时也要给你孤独。

有一首歌叫《孤独的人是可耻的》，我不敢肯定词作者是不是精神有问题，但我敢肯定，孤独的人不是可耻的，但也许是可怜的，抑或是可敬的。鱼头在孤独的时候，除了木叶鱼，幸运地遇见了我，使他远离了可耻、可怜的尴尬境地。

二

鱼头的捕鱼技术，在渝江到青片河的七十里流域得到了公认。只要他老人家有了打鱼的兴致，腰上别上鱼篓，嘴上叼上旱烟，往那条四季水流汹涌的青片河走一遭，不管在别人看来是如何白忙工夫的深潭浅滩里，一出手定是满载而归。这让那些常年喜爱在河边打鱼钓鱼而又两手空空的捕鱼者甚是崇拜和羡慕。据说最初只要鱼头的身影出现在河滩上，那沿岸的、半山腰的崇拜者们，会马上丢掉手里的活计，蜂拥而至，汇集成浩浩荡荡的队伍，壮观无比，堪与现在那些追星族媲美。这其中，有点头哈腰递烟的，有别出心裁带酒的，在盛情背后，都是想成为鱼头的弟子，得到他那祖传的捕鱼秘籍。为了表达他们的崇拜之情，还给这个瘦老头取了个外号叫鱼头。虽然这个称号比不上科长、局长、董事长那般吸引眼球，但在这深山里，带"头"的也算高级别的敬称了。

在别人看来连枯叶都不愿意停留的那些毫不起眼的浅潭处，鱼头把那有些古铜色的鱼篓系上石块放下水，跳进河里，一边嘴里念念有词，一边用细沙把鱼篓围起来，留下进口，然后悠闲地坐在岸边，吸别人递过来的烟，饮别人递过来的酒，要不就是把玩他那几个随时带在身上、已经磨得锃亮的银圆。半个小时以后，只要他老人家一点头，就有崇拜者抢着跳下去，争着把鱼篓递上来，水漏尽后，鱼篓里就剩下半篓活蹦乱跳的木叶鱼。看客们眼睛鼓得像铜铃，张大嘴巴半天都合不上，露出不可置信的神色。鱼头慢悠悠地从鱼篓里大把抓出鱼来，把那些瘦小的、幼小的鱼儿扑通扑通丢进河里，一番甄别，就只剩一小半了。人群里不时传出"啧啧"的叹息声，一半是可惜那些被放回水里的鱼儿，一半是叹息没有如此绝招。有无知无畏者，借过鱼篓，也像鱼头一般在水下鼓捣半日，最后漏尽河水后，剩下的就只有空气、失落和不解。鱼头最后在众人惊羡的目光中满载而归。

鱼头的这番本领经过市井的流传夸张，已经变得有些像神话了。有说他打鱼的绝招是一套咒语，不然怎么会在放鱼篓时嘴里念叨不停；有说他打鱼的鱼篓里有机关，不然那么大口子，鱼儿钻进去就舍不得出来。多种版本的流传让鱼头成了名人，想来拜师学艺的人川流不息。但最后的结果都是相同的，失意而归。希望变成了失望，甚至到了绝望，于是坚持跟随他的人越来越少，最后就只剩那些周末放假的学生，乐此不疲地打发单纯而快乐的时光。

有人说过由爱而生的恨最深，鱼头说由恨而生的恨更深，这点我最同意，并对他这句带有哲理的话深表佩服。以后，每当他走进河滩时，那些永远也当不成的徒弟就会红着眼睛咒骂这个瘦高的、已经有些不利索的鱼头的绝情、吝啬，都希望有一天他会栽倒在这条他走了近八十年的青片河，永远不要起来。如果能被那些木叶鱼啃得只剩一堆白骨，会让他们更解气。就像一个光棍，天天床前经过一个绝色美女，却永远也得不到，那种恨是最深的。可惜，这个糟老头每次都在他们的失望中提着满筐的鱼儿回来，一次次让他们的希望破灭。

后来鱼头说，这些人心术不正，如果把技术传给他们，河里的鱼儿就会遭受灭顶之灾。凭他几十年锻炼成火眼金睛的洞察力，这一点我也相信。他说，在那群人里，他没有发现一个心态平和的崇拜者，所有瞪红眼睛的人都梦想学得技术后，一夜之间打尽河里的木叶鱼，卖个盆满钵满。这个时候，这些最绿色、自然的木叶鱼市场价已经达到每斤八十块，打尽七十里水路的木叶鱼，至少也可以成为万元户，无须再在田土里摸爬滚打了。

三

我的出现对鱼头而言，是无意，也是缘分。无意中我们成了朋友，缘分里我们成了亲人。朋友成为亲人的很少，而亲人成为朋友的更少，而既能成为亲人又是朋友的就最少了，概率比买彩票中大奖还低。那年我刚毕业分配到这个叫坝底的山里乡镇，没有亲人，朋友又各散四方，孤独也成了我的朋友，周末钓鱼成为我消遣的最好方式。这里的木叶鱼与家乡的木叶鱼外形相同，习性相似，因此我的钓鱼本领可以得到最大程度发挥。要知道，五岁起，我和孪生哥哥就在家乡那条三岔河里捉鱼、钓鱼，那里的鱼更纯朴、更温顺、更自在。经过十多年的实战经验总结，我们知道哪里鱼儿最多，何时垂钓鱼儿会乖乖上钩。因此，我与木叶鱼也是冤家和朋友。

那个仲秋的周末，我与鱼头相遇在一处浅湾。这时候，他还只是我听说过的鱼头，正处在成为朋友的序幕阶段，而要娶他的孙女为妻，成为亲人还有待时日。

那天他打鱼，我钓鱼，好在木叶鱼能够识英雄，待人也很公平，既往他的鱼篓里钻，也往我的鱼钩上钓，最后的结果是旗鼓相当。鱼头放好鱼篓就坐在石头上观察我钓鱼，那架势与政审有些相似，在眼花缭乱的起钓放钓过程中，鱼头放弃了他有些高傲的神情，低下了他同样高傲的头颅。他知道，在寂寞了很多年以后，他终于找到了一个可以交战的对手，找到一个可以交流的朋友，我甚至可以把他想象成武林中的独孤求败，任何一个眼神都有无法抵挡的威力。但是，在这个秋天，他的眼神失去了威力，加入了柔情。

从此，我寂寞的生活中增添了一个朋友。每到周末，我只要在他家竹林下面的路上大声吆喝两声，他就会带上古铜色的鱼篓，慢悠悠地走下来。一旦上路，绝大多数时间都是鱼头的发言区域，从他出生这条河的位置、水流一直讲到现在这条河的位置、水流。从他少年的艰辛，讲到老年的悠闲。从他独孤求败的寂寞，讲到如今棋逢对手的快意。总之，我成了他最信任的倾诉对象，他要在短时间内把憋了很长时间的语言全部倾诉出来。

我必须承认，我最适合当听众，如果要评分的话，在百分制的情况下我至少要得一百〇一分。这是有渊源的。我的父亲是军人出身，脾气暴躁，喜怒无常，不幸的是复员后当了教师，更不幸的是当了我和哥哥的老师。父亲对我和孪生哥哥采取了法西斯教育方式，语文写错一个字，数学做错一道题，都免不了一顿拳脚相加。不分辩还好，一旦辩解，换来的更是暴风骤雨。久而久之，我和哥哥很快适应了这种方式，经常在被父亲暴打一顿、罚跪在屋角的时候，高兴地玩打杏子、扇纸牌的游戏。对于父亲接下来喋喋不休的、可以从上古举例到后现代的说教充耳不闻。到后来，全家五口人，只要父亲在家，家里就静得像山顶无人的庙宇，父亲就成了单口相声的唯一表演者。他不表演，是没有谁愿意说话，因为大家已经适应了倾听。

父亲的教育带来的后果在十多年后终于显现出来，别人讲课激情澎湃四十分钟讲不完内容，我最多二十分钟全部讲完，十分钟作业之后，还有十分钟时间才下课，便让孩子们自由活动。孩子们谁不喜欢如此宽容和蔼的老师啊，高兴得要死要活。好在有奇迹发生，二十分钟的效果居然能超过四十分钟激情讲解，我班里学生每次考试都年级第一名。在单位我也是最沉默寡言的人，几乎从不主动与人招呼、摆谈。因此许多人以为我清高、孤傲，与我甚是疏远，找不到朋友也就在情理之中。

这些问题倒还不大，最大问题是都二十好几，依然没有女朋友。每年分到学校的女老师不少，但不到两个星期，就让那些如狼似虎的光棍老师用甜言蜜语骗到手，没一个有耐心等到我发出丘比特的断箭。到这个时候父亲后悔了，而且后悔得要死，如果我讨不到媳妇，没有一男半女，家族繁衍进程戛然而止的责任是特别严重的。因此，父亲转而开始教导我多说话，多交际。对于他的提议，我把意见都省略了，只是摇摇头。于是父亲在酒后常常长叹一声，唉！我也要在酒后长叹两声，唉！唉！

四

我常看见河里的鱼儿成双成对快乐地游动，就勾起了我对爱情的美好憧憬。我看见那些鱼儿一个个使劲往我的鱼钩上串，我都会想，如果美丽的姑娘也像这些鱼儿般主动，该多好啊！转念一想，有木叶鱼这般纯洁的姑娘，可能已经难找了。要不，为啥这木叶鱼比那鱼塘里饲养的鱼清香、鲜嫩千百倍呢？

鱼头不热心我对爱情的渴望，和我在一起，他总是炫耀他的过去。他总半眯着眼睛说，三十年前如何教儿子开磨坊赚钱，二十年前如何教孙子贩卖土豆赚钱。好在这十年他已廉颇老矣，不然不知还有多少惊天动地的伟业让我见识一番呢。

我知道鱼头有个孙女在中学教书，曾见过几次，不过每次屁股后边都跟着一个瘦得像竹竿的"眼镜"，据说是医院里坐诊的医生。

我开玩笑说，鱼头，有个孙女都不介绍给朋友，不够义气。鱼头脸顿时黑得揪水，半天从鼻孔里冒出一句，莫说我那个气人的孙女了，年纪轻轻的眼睛却不好使。见鱼头不甚高兴，我也就不好再说什么了，坐在石包上静候鱼儿上钩。

没过几天，鱼头居然在医院里与追他孙女的"眼镜"干上了，我赶到时看热闹的已人山人海了。鱼头眼睛通红，满脸酒气，指着"眼镜"的鼻子，数落道：你臭小子，没追我孙女时，我糟老头子来医病，你态度恶劣，瞧病马虎，胡乱开药。如今我来看病，你一副奴才相，同样的病同样的药，为啥要便宜十几块。鱼头越说越激动，唾沫胡乱飞舞。"眼镜"脸色煞白，又无力争辩，样子很是狼狈。

鱼头发泄完心中的愤怒，在众人的劝说下，方恨恨地离去。与我走到人少处，鱼头方说，教书先生，我出了怨气，你有了机会，剩下的就看你的了。我还在迷茫中，鱼头依旧恨恨地走了。

回到宿舍，我蜷缩在被窝里思考了半个小时，终于明白了鱼头要给我什么机会，心里涌出一阵暖意，同时，也为眼镜无端受到的责难有些愧疚。于是，我甜蜜地做了有生以来的第一个爱情美梦。

就像剧情一旦展开就得进行，鱼头骂了"眼镜"，又回家批评了一番他的宝贝孙女景想，大大地夸奖了一番我的难得之美德。景想本是鱼头的心头肉，从小被呵护不已，孙女见爷爷也是为自己着想，说要见识"媒妁之言"偏颇与否，答应与我接触。当然，这些都是鱼头后来透露给我的，也更让我坚信我们的友谊比钢筋还要硬。

后来，景想真跟着鱼头一起和我去打鱼钓鱼，我知道，这个现代而时髦的姑娘是要体验一番传统爱情的情趣。几次接触后，景想见识了我高超的钓鱼技术，从我木讷的口中了解完我的简短生平，也被我的纯朴打动。我知道，爱情的光芒终于照到我的身上，照得我浑身燥热，照得我甚至不知所措。我想把这个好消息告诉故乡那每天要多喝二两白酒的父亲，让他忘却自责的烦恼。

剧情一旦展开，还要有高潮，有关爱情的书籍、电视剧都会这样写，我的爱情也一样。但这个高潮实在令人惊心动魄。景想把感情的天平倾向了我，快速地疏远了"眼镜"，他就恼羞成怒了，在放寒假前一天的中午，喝得醉醺醺，拿着一把手术刀要来与我决斗。当时校园里恰好人多，都愿意做见证。我本来想告诉"眼镜"，我和李生哥哥在娘肚子里就开始摔跤练拳，加之出生后，两兄弟哪一天不是在某一人的哭泣声中结束战斗？唉，就凭"眼镜"那竹竿似的身材，怎是我的对手。的确，战斗甚至还没有热身就结束了，"眼镜"在踉跄中倒地，手术刀稳稳地拿在我的手里。看客们在一片遗憾声中退场了，出于人道，我帮"眼镜"捡起他的眼镜，还拉他到水管前洗净了他满是灰尘的脸。送他出校门后，我在心里说道，别了，司徒雷登，哦，应该是别了，可怜的"眼镜"。

五

因为鱼头，我找到了爱情；因为爱情，我和鱼头加深了友谊。难能可贵的是，我们还成为亲人，并且辈分还特合适。我因此感谢鱼头，准备改口叫他爷爷，以示尊敬，可惜他拒绝了，于是，我还得叫他鱼头。

我成为鱼头家尊贵的客人。与鱼头在一起的时间太多了，没想到鱼头在家里与在我面前完全像两个人。在家里，鱼头是绝对权威，恶滴滴地吼儿子，吼孙子，骂重孙，仿佛看谁都不顺眼。

岳父是村支书，除了忙家里的事，就是四处下队，处理村上的事务。岳母是纯朴的农村妇女，对人和气有加，整天煮饭、喂猪，忙碌不已。还有六哥和六嫂，经营着令爷爷引以为豪的粮油加工厂。

与六哥一旦结识，我又多了一个朋友。六哥豪爽、好客，在酒桌上我们有许多共同的语言。我能饮半斤白酒，以为自己算是豪杰了，可是与六哥一比较，就甘拜下风，自愧不如。六哥的酒量在全村都是挂了号的，喝个八两酒，依然谈笑风生，神情自若。加之都是年轻人，言语十分投机，没到两天，俨然已是多年的朋友。

可惜，鱼头对六哥却嗤之以鼻，骂六哥是最没出息的脓包。鱼头告诉我这些是有证据的，岳父四个子女，其余三个都考上大学，有了稳当体面的工作，而六哥连初中都没毕业就因为惨不忍睹的成绩而灰溜溜地回家了。村里其他年轻人不是学木工，就是学泥工、漆工，而六哥身无一技，要不是鱼头与岳父开了这么个加工厂，六哥不知能干什么。其余如喝烂酒、打烂牌的恶习鱼头都忽略不计。鱼头揭露这些丑事，是当着六哥说的，让六哥尴尬得脸都成了一张猪肝。六哥说，爷爷，你这个人咋总想臭别人呢？鱼头勃然大怒：你狗日的脓包，可惜白养了几十年，百事不成，还敢跟我顶嘴。

在鱼头的骂声中，我惶然得有些不认识他了。这就是我那个善谈、慷慨的朋友吗？怎么对家人如此粗暴呢？我把这个疑问告诉六哥，六哥说，别理他，他老糊涂了，是这个家里的暴君。我把这个疑问告诉了女朋友景想，她挠挠头，说道，爷爷只爱骂六哥，你久了就习惯了。我心想，但愿如此。

鱼头对我依然客气有加，依然要把那些像文物的故事摆给我听。他只是对六哥不满，时常要在咒骂的言语中，表达他对六哥的深深失望。

六

春天的花又开了，我的爱情也成熟了，我和景想结了婚，在鱼头家，在街道的大酒店，昏天黑地热闹了好几天。我在婚礼上对鱼头的一番感谢之辞感动了鱼头，又感动了大家，大伙儿都夸他是个好媒人，撮合了一对好姻缘。从来喝酒非常克制的鱼头也是普通人，听不得别人的高度赞美，越喝越痛快，没咽下几杯，人就醉倒了。

清明已过，又是钓鱼的好时节，我和景想陪鱼头去钓了两次鱼。也许是鱼头习惯了我和他在一起的时光，孙女的出现以及孙女过多叽叽喳喳的话语让他丧失了不少发言的机会，瘦老头把鱼篓放进水里，就一个人坐在一旁抽闷烟。

我们没有在意这些，爱情的力量与友谊的力量较劲，谁都能做一回准确无误的裁判，我们一番吵闹嬉笑之后，蓦然感觉到鱼头的情绪糟糕。我试探地问鱼头，怎么啦，不高兴了？鱼头半眯着眼睛，苦笑着说，唉，你这个教书先生，有了媳妇就忘朋友，不够意思。我忙说，哪能呢，为了报答你，我今天和景想专门陪你钓鱼呢，不是朋友吗？隔了半天，鱼头才悠悠地说，以后钓鱼就钓鱼，别把媳妇带上，吵闹声那么大，这鱼儿早就躲开了。

景想悄悄告诉我，爷爷在吃醋呢。我听不明白，请求媳妇指教，景想指着我的额头说，瓜娃子，以前只有你跟爷爷在一起，他当话筒，你当听筒。现在我跟着屁股转，你就重心转移，爷爷有了失落感，当然吃醋了。哎呀，媳妇一番话，惊醒梦中人，余下的时间里，我们放弃了拉小圈子，都围坐在鱼头旁边，听他讲那已经听了三十次的激昂往事。

<h1 style="text-align:center">七</h1>

日子在春天的草丛中，在夏天的树荫下，悄无声息地流逝。碧如绸缎的青片河，清波荡漾的湔江水，静静地流淌。鱼头一天天老去，就像秋天的黄叶在萧索的风里飘动。

鱼头脾气越来越不好，经常无端地坐在那宽阔的天井里骂人，骂六哥是懒猪，挺尸烂黄到大天亮不起床；骂岳父不孝顺，煮的东西比石头还硬，存心想害死他；骂重孙女衣着邋遢，头发就像梅超风。等到骂得这些人都远远地躲开，他就开始骂院子里跑的狗，墙上趴着的猫，围栏里走动的鸡，吵得他耳朵生疼。

家里人都忍耐着。大人觉得忍耐是一种美德，小孩觉得忍耐是一种游戏，每当鱼头骂人时，大家都想起他的好，想起他给儿子孙子挣的家业，想起他给重孙女打的鱼。岳父也想陪他闲聊一会儿，可惜时间太紧，事情太多；六哥也想陪他摆谈一番，可惜两人言语不甚投机，三句话开头，没到五句话已结束；重孙女们本来也想和他一起娱乐娱乐，可看到他凶神恶煞的样子，自然就熄灭了兴趣。

于是只有我，必须而且继续是他最好的朋友。常常是午饭晚饭后，从学校里过来，陪他聊聊天，经常装作早就健忘的样子，问道，鱼头，你说你三十岁时，半天可以打五十斤鱼，我佩服得很，是咋回事，说来听听。鱼头便来了精神，从清早如何下河打探鱼儿的老巢，到中午如何应接不暇地开始收获，脸上的皱纹绽开成一朵花。

鱼头又说，木叶鱼最有灵性了，他四十岁那年捞出一网鱼时，看到一条从来没有见过的、全身长满金色小斑点的小木叶鱼，这么美的鱼，鱼头从来没有见过，决定放了它，这本来也是他的一个习惯抑或是美德。放生前，鱼头说，十年之后，如果在这里还逮着你，我还会把你放生。鱼头在五十岁的某一天，在同一个地方，居然又打到了这条金色斑点的木叶鱼，只是这鱼儿已经有好几斤重了，看起来，像捧在手里的一块金砖。鱼头觉得这木叶鱼太有灵性了，更觉得这是一个好兆头，再次把这美丽的鱼儿放生。为防止被别人捕走，鱼头还特意搬了些石头把个塘围堵了一番。十多年之后，鱼头有五个孙儿孙女考上了大学，他总觉得那条鱼给这个家托了福气。这个故事，我不知道听鱼头讲了多少次，几乎每次我都在心里听出一些意味。

八

鱼头的死确实来得突然。那是个周六，天气特别晴朗，岳父家里请了许多人掰玉米，景想背着两岁的儿子在厨房里帮岳母忙碌，我也拽上背篼，想到坡上去锻炼一番。准备走时，鱼头拄着拐杖过来，在一阵咳嗽声中，要我陪他去捕鱼。我正为难时，岳父搭话说，爸，还是明天去吧。话音没落，鱼头一杵拐杖，开始了他的训导，你那些烂玉米，明天掰不行啊？大清早请这么多人来，是不是要给老子抬丧，吵得耳朵不得清静……

岳父马上缴枪投降，吩咐我陪鱼头钓鱼，我虽心里不愿意，也只得装得很顺从的样子去。鱼头慢腾腾拎上他的鱼篓，慢悠悠地随我走向河边。一路上，除了脚步蹒跚一点以外，鱼头心情不错，居然用"遗憾"二字造了个句：真遗憾，你不愿，也没有必要当我的徒弟。在自言自语中还加上了摇头的姿势，颇有些外交辞令的味道。

待了许久，鱼头神秘地说，教书先生，你说说我捕鱼的诀窍在哪里？我省略了猜想，摇摇头。鱼头说，到时候告诉你。这鱼头，居然还故弄玄虚，我不禁哑然失笑。走到目的地，我没有心情钓鱼，鱼头虽然僵硬但也熟练地布好鱼篓，坐在大石包抽上一袋烟，说，万物简单，终归有源，除了我几十年观察水性、鱼性的本领而外，兜里的东西更不简单。鱼头掏出了四个已经磨得锃亮的银圆，说，这是鱼儿听了几十年的音乐，它们把我当成了朋友，愿意让我捕住。说了这些，你不乐意也是我的徒弟了。在我惊讶的神色中，鱼头在得意的笑声中往后仰头，他在做成师傅的快乐中忘记了致命的一点，这不是家里，更不是坐在沙发上，因为没有靠背。

鱼头是那些帮忙掰玉米的人抬回来的，他的头狠狠地撞在了大石包下的乱石丛中，肿了三个大包，就如我愿不愿意当徒弟一样，不管鱼头乐意与否，两天后，死亡之神要召见他了。临死前，鱼头叫所有人都出去了，艰难地指着他的衣袋。我拿出了四块银圆。鱼头把我捧着银圆的手艰难地合上，头一歪，没有了气息。

鱼篓我挂在了书房的墙上，那是大家都知道的纪念。银圆被我藏在了书桌的底层，谁都不知道，我虽然钓鱼的技艺高超，却还是鱼头的徒弟。

木玛的寒冬

一

木玛最怕黑夜的到来，更怕一个人躺在身体比床单、被盖更燥热的床上。屋外偶尔的一声狗叫、一声鸡鸣都会把她吵醒，树上的一片落叶、月亮带来的半块乌云从玻璃窗前飘过，都会让木玛心惊肉跳，她怕又是村里的光棍猴子来骚扰，就拉开灯，难再入睡。

狗日砍万年脑壳的武蛮子，你就死在外面了，就不想回来了。骂完自己的男人，木玛又开始想念起在乡中心小学读书住校的一双儿女喜庆和瑞雪来。不知道瑞雪会不会蹬被子，喜庆的肚子吃饱没有。想着想着，东方就煞白了。

吭……吭……天还没亮婆婆就在门口咳开了。木玛知道，这咳声含义可不简单，婆婆的支气管炎又犯了，是本意。而引申义是告诉木玛，天亮了，快起床了。木玛翻了身，心想再迷糊一下就起床，谁知竟一觉又睡过去了，并且还睡过了头。

不过还是被一阵打骂声惊醒了，婆婆正在圈里奋力追打那头据说是从英国引进的 PIC 优质生猪，嘴里骂道，你拓火印的，吃了就睡的瘟猪，屙屎屙尿没个地方……

木玛没有理会婆婆铁青的脸和已经升了八竹竿高的太阳，胡乱洗了把脸，刨了两口饭，扛起锄头到地里挖土豆来了。

二

木玛无心劳作，坐在地坎上出神。狗日的死男人，一个人跑到杭州去给城里修楼房的扎钢筋，把我丢在这烂旮旯里。想到这里，木玛往地上狠狠地吐些口水，解了些心头恨。山脚对岸的公路上，一辆客车停下来，三三两两地走出些人来。木玛知道，这些人里面没有她的武蛮子，武蛮子前不久打电话来说，他们承建的是一幢三十层的高楼，要年底才回家。一听说是三十层，木玛差点叫起来，天哪，这么高，看到顶不是连帽子都要望掉吗？场镇上修的那幢七层楼房和县城那幢十层楼房，木玛都觉得是奇迹了，连忙要武蛮子当心安全。武蛮子在电话里耻笑木玛太老土了，城里三十层楼房太多了，他还见过八十层的楼房呢！

木玛看着这条公路，就想起了自己的青春。八年前，就是顺着这条公路，木玛嫁给了武蛮子，嫁给了这座除了树木没有平地的村庄。

那时候，木玛还刚满二十岁，周围村庄多少人前来提亲啊，媒婆们把大门都给踢破了，最后，在父亲的决定下，木玛嫁给了武蛮子。用父亲的话说，武蛮子五大三粗的个子，人也憨厚老实，是块种庄稼的料子，跟着这样的人，哪个灾年日子不能过。木玛也憧憬美好的爱情，但她最听父亲的话，把一生就交给了这个人高马大的汉子。

那时候，木玛是这方圆十里羌寨最美的姑娘，即使现在，虽然生过了两个孩子，木玛身材还是那样好，白里透红的脸蛋，高耸的胸脯，滚圆的屁股，更成熟、更丰满了。就像一颗熟透了的樱桃，轻轻一捏就会碎的。

结婚那天，村寨的男女老少就像过盛大的节日，小孩子心里想的是那席桌上的美味，一阵噼里啪啦过后未响的鞭炮；妇女们喜爱的是三五成群，东家长、西家短的传播逸闻趣事。而那些光棍心里却想趁此机会看看木玛那漂亮的脸蛋，高耸的奶子。

木玛还记得，那晚闹新房时，年轻小伙子把洞房都挤爆了，在一片嬉闹声中，在酒精的刺激下，在武蛮子没有注意的情况下，总有人趁机摸一把木玛的大腿、胸脯。木玛只得把委屈往肚子里吞。更可恨的是，那个瘦得像排骨的猴子，居然在武蛮子转身的时候，伸出那张从来不刷牙、裹满烟味的臭嘴，往木玛的嘴唇上挨，木玛用高跟鞋狠狠地踏在他的脚上。猴子疼得杀猪般地叫起来，在众人的嘲笑声中狼狈而逃。

三

打工的浪潮席卷这偏远的羌寨后，年轻的姑娘小伙打起拥堂往山外跑，在隔三岔五的日子，村里就奔走相告，艳女子给家里寄了一千块，强娃子给家里寄了两千块，军娃子说过年回来要换台大彩电，还有消息灵通者说狗女子在城里找了个当包工头的男朋友……

嘿呀，这外边难道遍地都是钞票，就像屋后青冈林里的青冈叶，带个抓扒，背个背篼，不一会儿工夫就能整一背回来。

武蛮子心动了，不存心侍候十几亩的庄稼了，也不愿意起早贪黑到山里去烧炭了，天天想的是去山外抱个金娃娃回来。

蛮子，你硬是舍得丢下我们娘儿母子，一个人到外头去逍遥？木玛问道。哎，娃儿都大了，用钱的地方多着呢，出去两年多找些钱，就回来。武蛮子的心早就飘到外面去了。

你去我也要去。木玛说。

两个娃儿咋办呢，何况只有爸和妈，家里咋弄得走？

武蛮子翻身把木玛压在身下，急切而粗暴地进入了身体。木玛把他推下来，将背朝向了他。

听说武蛮子要外出打工，父母都反对。永贵叔教训道，家里好好的庄稼不种，出去瞎逛啥子？莫要蚂蟥听水响，讨口子听炮响。

开秀也开导儿子，蛮子啊，这家里一年洋芋玉米收入还可以，你和木玛农闲再烧些炭，日子也将就过得去，莫要心比天高。

武蛮子不听这些，他一定要出去。他想，凭自己的气力，出去一年再孬也要整个半包钞票回来，让媳妇看看，也让父母看看。

武蛮子去坝底场找四娃子，商量何时动身。四娃子的妹夫在浙江打了三年工，人熟地熟，还有些门道。

听说武蛮子要出去打工，寨子里的人就开玩笑说，蛮子，守着天仙般的婆娘还不知足，你出去了，不怕别人钻到你婆娘的床上去了。

武蛮子捡起一块石头，边扔边骂，只有你的婆娘才那样不要脸。

出行的头晚，武蛮子在床上疯狂地进入木玛身体四五次，累得连腰都伸不直了。武蛮子抱着木玛说，出去啥子苦都不怕，就怕想你。

想我，出去了，外头的妹儿一个比一个洋盘，眼睛都要看花，还记得到我这张黄瓜脸。

四

喜庆和瑞雪读书回来了。晚上，喜庆一边扒拉饭一边说下周一要开家长会，还要交十块钱的服装费，学校要准备搞建校八十周年校庆。交钱，交钱，这学校比土匪抢人还凶。永贵叔一提钱，连心口子板板都是痛的。你这老疯子，对着娃儿吼啥子，今年学校给两个娃儿把学费减免完了，你还不知足。

开秀婆婆见喜庆吓得不扒拉饭了，开始数落起永贵叔。

木玛没有心思搭理，听说周一要到学校开家长会，她的心就有些走神了。喜庆，是你们薛老师通知的吗？木玛问。他是班主任，不是他是谁？喜庆看准了屉锅里的一块肥肉，正准备下手，粗糙地回答了妈妈的问话。

夜，依旧炽热。女儿依偎在身旁，睡得香甜无比，脚底的喜庆睡梦中四肢不停地蹬扑，看来还在演练白天那些从电视里学来不甚精湛的武艺。

木玛睡不着，想起了远在浙江扎钢筋的武蛮子。不知那里的太阳还像不像六月里的电话说的那样，毒得可以点燃皮肤；不知这个时候是否已经吹扑打鼾地入睡了；不知半寸长的胡须剪没剪。

十年了，木玛习惯了与自己男人在一起的日子，习惯了武蛮子满衣服的汗味，像斗篷的头发，半寸长的胡须。更习惯武蛮子扛完家里所有的重活，跟在自己身后做些鸡毛蒜皮的轻巧活路，无非做个监工。当然，一个先决条件是公公婆婆没在一起。

武蛮子是个粗人，虽说与自己一样，还混了个初中毕业证，怎样混毕业的，武蛮子可能都没有多少印象，唯一的一点印象是经常在甜美的梦中被老师叫起来，还稀里糊涂地以为在床上。

武蛮子不懂什么叫浪漫，哪怕在木玛生日的那天上街，也不会带回五角钱的东西哄哄木玛开心。即使在床上，木玛认为最应该浪漫温柔的事情，武蛮子也是三下五去二，像士兵攻占高地一般，解决完情欲倒头就睡，鼾声四起。留下木玛一个人，久久难以入眠。

木玛想起了薛老师，那个个头精干、斯斯文文的老师。想起薛老师来家访的那次，坐在桌前，吃饭夹菜总是那般文雅。话不多，却总是简练有力。

永贵叔和武蛮子对薛老师佩服得五体投地，让木玛和婆婆弄了满桌子的好酒好菜，好好地款待薛老师。

谈到喜庆的表现，薛老师是赞赏有加，从喜庆爱学习、爱劳动，一直到关心妹妹，无一缺漏。对喜庆的一些不足，薛老师也从教育的角度提了许多建议。说得一家人心里暖烘烘的。

武蛮子如梦清醒般地说，薛老师，不怕你笑话，这娃儿我养了八九年，都没有你发现的优点多，我一定要敬你一杯酒。没等到薛老师端杯，就把满满一盅酒灌进了肚子里。

在杯碗碟盘的碰撞中，武蛮子没有把客人照顾好，反倒把自己灌醉得一塌糊涂，还是薛老师和永贵叔把他抬到床上去的。永贵叔忙不迭地给薛老师道歉，薛老师善解人意，反而安慰永贵叔，大叔，你看王武一天多累啊，喝点酒解个乏也没有什么。

几句话说得站在旁边的木玛心里一酸，要是武蛮子这般体贴我多好啊。不由多看了薛老师几眼，眼见薛老师得体的衣着，英俊的面庞，不由得心里一颤。

夜很深，木玛枕着手臂，翻来覆去难以入眠，隔壁房间里静悄悄的，想来薛老师已经安然入梦了。

木玛感觉像多喝了酒，头晕得厉害，脸红得厉害，一闭上眼睛，就是薛老师的影子。木玛被自己吓了一跳，我是怎么了，我可是有男人的人了，已经是两个孩子的妈妈了，怎么胡思乱想了呢？木玛暗暗地在心里咒骂自己，帮武蛮子把掀开的被子捏好，在鸡叫声中昏昏沉沉睡去。

五

木玛在周一早早地起了床，翻箱倒柜地找出那件粉色花纹的衣服穿上，因为村里人都说那件衣服把她的身材衬托得特别得体，凹凸有致。

花花绿绿去开家长会的队伍顺着山路蜿蜒，甚是壮观。村里所有的孩子都在镇中心小学读书，村里大多青壮年都外出打工了，今天，也就成了年轻妈妈们的节日。

操场上人山人海，木玛既要在读四年级的喜庆班上开会，又要到读一年级的瑞雪班上开会，忙得手脚无措。木玛原本想先到喜庆班上去，可是女儿却不依不饶，等到瑞雪的老师对学生挨个点评、讲了诸多要事之后，木玛赶到喜庆班上时，家长会已经结束了。

木玛找到薛老师，难为情地表示了歉意。薛老师理解地说，你一个人，既要忙家里，还要照顾两个孩子，挺辛苦的。一席话说得木玛心里暖融融的。薛老师介绍了喜庆在学校的优异表现，让木玛更是宽慰。

今早临出门时，永贵叔早就用塑料袋准备了足足十斤核桃，要木玛送给薛老师。在永贵叔心里，这喜庆的事情就是大事，怎能马虎，何况这王家至永贵叔的爷爷开始，已是五代单传了。所以，喜庆就是家里的命肝心。

木玛说给瑞雪的老师也送点，永贵叔黑着脸说，家里已经没有多少了，何况这马上要过年了，用处还多着呢。转身进入屋里。

木玛把核桃送给薛老师，他在万般推辞中还是收下了。木玛觉得今天心情很好，脚步也轻快了许多。

走到场镇上，木玛本想给武蛮子打个电话，但又想到他在那三十层高的楼上，爬上爬下怪累的，何况工地门卫的态度特别差，还是不要让自己的男人受那份窝囊气。

在邮局门口，木玛习惯性往那写满收信人的黑板上看，可惜没有看到自己的名字。武蛮子自从春节走后，九个月才给家里寄了一千块钱。想想以前在家里，每年洋芋、玉米和种植蔬菜的收入就有三四千块，再加之偷偷到山里去烧些木炭卖，虽然辛苦，日子过得却是有滋有味，木玛不由得埋怨起武蛮子的好高骛远来。

更要命的是，四娃子的女人家里有电话，给大伙儿带来了个坏消息，村里同去打工的张胖子据说从楼上栽下来，脊椎受伤，已经送到医院里去抢救了，据说有可能要瘫痪。

张胖子的女人听到这个消息后，蹲在街边痛哭起来，一群女人只得边安慰，边陪着掉眼泪。回家的路上，女人们都显得郁郁寡欢起来，不仅是因为没有在邮局里取到男人寄来的钞票，年初升腾的一个个希望还没有到年底就快要破灭了，更让女人们放心不下的是，自己的男人能不能平安归来。

一群女人无精打采地走着，从街上赶集回来的猴子不知啥时候已经追上来了，大口喘着粗气，一双色迷迷的眼睛把七八个女人从上到下瞄了个遍。

哎呀，嫂子妹子们啊，看你们走得这么忙，来来来，哪个背多了，我来帮她。猴子嬉皮笑脸地说。

没有人搭理他。猴子凑到木玛身后，一边假意取木玛提在手里的塑料袋，手就要歪歪斜斜往胸脯上挨。木玛一肘搋在猴子的左脸上，猴子疼得龇牙咧嘴地叫起来，看到木玛喷火的眼睛，趔趄地离远了。

猴子又想到李二娃的媳妇前去讨好卖乖，李二娃的媳妇狠狠地朝他吐了叭口水，理也不理。

猴子悻悻地溜在前面，扯着公鸭般的嗓子唱起那难听的野山歌：寡妇村里活路忙，夜夜独自守空房，男人太远不解渴，我愿帮忙又不让。

女人们都坐下来，一直等到猴子那杀猪般的声音消失，就七嘴八舌地数落起猴子的种种劣迹。

猴子是村里唯一的光棍，年轻时游手好闲，不是打鱼遛狗，就是东游西荡，农村里哪有姑娘喜欢这样的二流子，一晃三十好几还独身一人。

几年前父母死后，猴子彻底获得了解放，庄稼地里荒草比玉米秆子还高，不喂猪，不养牛，平时就帮人家干天活，混顿饭吃。猴子自诩为无产阶级，嘴里经常说，要在大集体，凭自己的成分，最差也是个生产队长。

去年，村里来了个流浪的精神病姑娘，有好事者让猴子把姑娘的病医好，好歹也有个媳妇，谁知这猴子竟说，你们一个个讨的都是长得标标致致的女人，给我弄个精神病，笑话我吧。二话没说，就把流浪女人给撵走了。

以前每家每户男人在家的时候，都愿意请猴子来帮忙，无非是供三顿饭，是比较划算的。而现在呢？男人们大都走了，就没有谁来找猴子帮忙了，并且天还没有黑，家家户户就点灯关门，猴子也就不能东家一顿、西家一顿地蹭饭了。

村里的男人们走的时候，都有一块心病，就是不放心这个瘦猴子，以前猴子晚上没有事的时候，最大的爱好就是深更半夜跑到别人家卧室外听窗，第二天，就把那些两口子在床上说的话，喜滋滋地四处传扬。

为此，猴子还被告到派出所，治安拘留了七天，可是，一放回来，猴子还是恶习难改，还得意扬扬地说，兄弟，这是爱好，知道吗？就像有人爱好喝酒，有人爱好打牌，我就爱好听窗，咋了？

村里的男人们结伙到浙江去打工，都想把猴子带上。猴子是好吃懒做的人，自己也明白过去吃不了苦，哪肯去，还美其名曰，人生嘛，要活得潇洒，你看我，一人吃饱，全家不饿，挣那么多钱干啥呢？不去不去，这金窝银窝，我就离不开自己的狗窝。

男人们走的时候，都把寝室只安了玻璃的窗户加了钢筋，把大门插销多加了一个，吩咐父母把狼狗拴到自己女人的窗户下。

猴子看到大伙儿这般防备，大度地说，我猴子可是个正派人，你们放心好了，出了事我还能在这村寨里待吗？

女人们还在继续深入揭发猴子这段时间的反常情况，李二娃媳妇说，前两天天黑时，看见猴子在她家菜园后面的路上鬼鬼祟祟地走动。

张三娃的女人说，那天晚上在楼房外的走道上倒洗脚水，一个人在楼下被滚烫的水淋得叫唤，第二天看见猴子满额头的水疱，肯定是猴子。

为了防备猴子，在木玛的提议下，女人们把头挤在一起，商量了许多对付的办法，就像八路军埋好了陷阱，只等鬼子往里钻。

六

第二天，张胖子的媳妇从亲戚家里借了几百块钱，哭哭啼啼地跟着公公前去浙江看望住院的丈夫。

村寨里男女老少都来送行，父母们要捎给自己的儿子一些话，归根结底是要注意安全，女人们捎给丈夫的是些茶叶、衣物。

木玛给武蛮子带了他最爱喝的苦丁茶，还有一条烟和半斤多煮熟的腊肉。武蛮子在电话里曾经说过，那边的茶叶味道怪怪的，那边香烟抽了不过瘾，那边猪肉莫油气，临了，还在电话那头，感慨了一声，还是咱的家乡好啊。

张胖子的媳妇走了，仿佛把大家的心都勾走了，村寨里出现了少有的寂静，就连那些平时爱打鸣的鸡、爱乱叫的猫、爱狂吠的狗，也都陷入短暂的沉默。

永贵叔坐在屋檐下，翻开那本祖传下来的相命书，望着山顶的黑驼驼云，吧嗒吧嗒使劲咂着叶子烟，自言自语说，这预兆不好啊，张胖子可能有大问题。

开秀婆婆骂道，你老不死的，这些话能乱说啊，你疯得没事了，就给牛马割些草喂。

永贵叔说，你懂啥子，等几天就晓得了。

木玛却等不得，每天都要到那山包上去望一望对面的公路，希望张胖子的女人能早点回来，最好带回些好消息，钞票的多少倒无所谓。

五天、六天、十天，木玛觉得日子太漫长了，村里人没有准确的消息，也就传言四起，有说张胖子已经瘫痪了，有说张胖子已经痊愈了，还有更邪乎的，说张胖子已经死掉了。木玛听得心都绷紧了，开始担心起武蛮子来。武蛮子爱喝烂酒，万一哪天摇摇晃晃爬到四十层楼上去，找不到东南西北，那该多危险哪。

木玛不敢多想，第二天早早起床，到四娃子家里去探听。四娃子的女人也不知道，好在家里有电话，木玛打过去找武蛮子，门卫说武蛮子在楼上，木玛再三恳求说有急事，门卫才极不情愿地答应。

十分钟后，武蛮子把电话打过来，木玛感觉他声音沙哑了许多，说话心事重重的。木玛本来有许多话要跟自己的男人说，但是，拿到电话时，脑子里却是一片空白，只得把说过无数次的少喝酒、少抽烟、注意安全等告诫说给武蛮子，武蛮子也心不在焉地应付着。

问起张胖子的情况，武蛮子支吾着说快好了，等几天就和媳妇一起回来养病。木玛刚问起武蛮子什么时候能回家，就听见有人在吼：别磨蹭时间了，再耽搁就要扣半天工资。只听啪的一声，电话断了，听筒里只有刺耳的忙音。

木玛有些失落，但听说张胖子没事，也就踏实了好多。四娃子的女人说明年穷得讨口也不会让自己男人出去打工了，这半年多从来没有睡个安稳觉。木玛深有同感，不由叹了口气。

村里人听说张胖子没事，都松了口气，就连几日没有动静的猫啊狗啊，也都活跃了许多，在院子里窜来窜去。永贵叔也高兴，虽然现在看来，他那本被奉为至宝的相命书失灵了。

五天过去了，张胖子的媳妇和公公回来了，寨子里的人都去迎接，一来看看张胖子的伤势，二则问问自己家里人的情况。

在寨子口，人们没有见到张胖子，只见到了哭肿了双眼的媳妇和公公，大家有了不祥的预感，但还是疑惑，木玛专门打电话问过武蛮子，说的没事，并且快痊愈了，咋会这样呢？

张胖子的女人还没有走到家门口，就扑倒在地，哭得地动山摇。老公公更是老泪纵横，神色凄凉。张胖子的母亲看到那个黑色的骨灰盒，身子往后一倒，休克了过去。

清水泊的山脚下，多了一座孤零零的坟茔，村里人眼中那个豪爽、勤劳、健康的胖子消失了，留下了两个年迈的父母，两个年幼的孩子，还有一个年轻的女人。

清水泊的天空，满是纸钱烧过后的烟雾，黑漆漆地在村庄上空缭绕。清水泊的土地上，传来的尽是哀怨的哭声，把所有人的心揪得紧紧的，简直透不过气来。

张胖子死得不值得。在工地上做了九个月零三天，在九个月零两天以前，他都要戴上安全帽，系上安全绳，但这天，他中午喝了点酒，兴奋得不得了，下午安全员没来，胖子觉得戴安全帽太热，系安全绳太紧，省略了程序就去开工了。兄弟们都劝他不要球弹，胖子不听，吹嘘说自己在家乡连最高的冲天柳都能爬上去。

确实，胖子是家乡的爬树高手，如果要举行一场爬树比赛，在寨子里肯定进入前三名，但是在工地上是爬水泥柱子，是没有枝丫的。胖子还没爬到五米，就摔在坚硬无比的水泥板和砖块上，腰椎骨折，颅内出血。

胖子在医院躺了六天，昏迷了六天，连一句遗言都没有留，就把一条命和魂丢在了异乡，最后变成一把灰和一叠五万元的钞票回到故乡。

在感慨的同时，女人们都急着去给自己爱喝烂酒的男人打电话，把说得起茧的叮咛再次提起。

女人们都希望自己的男人马上就回来，但是她们都知道，如果没有完工就溜号，一年的工钱就不能到手。毕竟，安全自己能够左右，而钞票还得由工头左右。

七

夜又降临，木玛躺在床上翻来覆去不能入睡，想到张胖子的音容笑貌，不由得一阵心酸。

半夜里，木玛在朦胧中听见一阵轻微的脚步声，顿时吓出了一身冷汗。木玛听老人们说过，人死后，会到走过的地方收足迹，难道是张胖子的魂魄来了？木玛内心陡地涌起一阵恐惧，想喊叫却喊不出声。

脚步声在狗吠中快要接近窗户，突然，传来一阵痛苦的叫声，一个重物倒在楼道上，发出巨响。

在狗疯狂的撕咬声中，所有房间的灯都亮起来，永贵叔大吼着提着扁担打开房门冲出来。

木玛明白了是怎么回事，消失了恐惧，不紧不慢地穿好衣裤，打开房门。楼板上躺着被狗咬得血淋淋的猴子，两只脚上都夹着巨大的鼠夹，嘴里痛苦地呻吟着。永贵叔看见是猴子，气不打一处来，上前对着猴子的腰杆就是两扁担。猴子那杀猪般的声音又扯开了。

永贵叔，我给你磕头了，快帮我把鼠夹子取了。

取，把你狗日的夹死才好。永贵叔又是一扁担砍过去。

猴子杀猪般的声音叫得更响了。寨子的人都被惊醒了，以为又出了啥大事，都急匆匆地赶过来。

等到看清是瘦猴子时，大家都乐了，猴子的屁股被狗咬得稀烂，两只脚缠绞在一起，脸上、身上都是血，样子甚是狼狈。

永贵叔找了根棕绳，把猴子捆了个结实，绑在院坝外的树上。有女人上前去吐唾沫，有女人脱了鞋子拿着鞋底打猴子的脸。

猴子哭兮兮求饶，爷爷、婆婆、哥哥、姐姐，我错了，我以后不再听窗了，你们放了我吧。

木玛走过去，使劲给了猴子一巴掌。死猴子，我早知道你的打猫心肠，你想占我便宜，就想错了，这次安鼠夹，只是个小教训，下次再敢来，一枪把你穿几个窟窿。

木玛一边骂，一边从屋里拖出一支黑漆漆的火药枪，黑洞洞的枪口直对着猴子的肚皮，猴子吓得两只脚不停地抖动。

这场闹剧把大家的瞌睡都赶跑了，老老少少商量该怎样处理猴子。有人说扭送到派出所，告他个强奸未遂，关几年牢房。有人说把他的腿杆打断，看他还乱不乱跑。还有人说干脆把他裆底下那家伙割掉，最能解决本质问题。

最后这个建议最得女人们的赞同，张二娃的媳妇马上就问开秀婆婆，杀猪刀在哪里。李三娃的女人找了把砍柴的弯刀，就去拉猴子的裤头。

猴子本来就吓得魂不附体，看到这个阵势，脖子一歪，昏死过去了。女人们把腰杆都笑弯了，放下刀说，脓包，稍微吓唬一下就丢了魂，啥子男人哦。

永贵叔去把村长找来，猴子才像见到了救星似的，一把鼻涕一把泪地哭出来，却被女人们大声呵斥住。

村长借着月光，进行现场办公，由猴子给木玛全家赔礼道歉，当着全寨子的人做保证，以后不再晚上四处骚扰，更不能到男人外出的女人窗下听窗。

众人都嚷道，一旦发现他再做这些偷鸡摸狗的事，就把他的脚筋抽了，往死里打。

在一阵臭骂声中，猴子一拐一瘸地跟在村长身后，灰溜溜地走了。

天快亮了，众人意犹未尽地四散开去，木玛也才疲倦地回到自己的房间，躺在孤零零的床上。

八

猴子的偷腥行动遭受严重打击，自尊仿佛也受到伤害，全身上下包着厚厚的纱布，一个人老老实实地躲在家里休养生息。

猴子也曾上街去换药，众人都问是如何英勇负伤的。猴子无言回答，低着头快速离去。有好事者把事情原委说出来，迅速得到传播，猴子更是连上街的后路都给断了。

木玛总算过上安生日子，晚上睡觉也踏实了许多，在农活的空闲时间，常常去陪张胖子的媳妇说说话，为她宽心，顺带也问些武蛮子的情况。虽说张胖子的媳妇专程到过浙江，但是男人死了，回来又忙于办理丧事，不曾详细摆谈那边的事情。

木玛想问问武蛮子的生活、问问那边的气候，只要关于武蛮子的一点一滴的事情，木玛都想问个究竟。自从经历了猴子听窗那件事情，木玛觉得只有自己的男人在身边，才有靠山，才安全。

张胖子的媳妇苍老了许多，精神受了些刺激，说话也有些颠三倒四，一提到打工两字，眼泪就不住地往下流，木玛也就没有问出个所以然来。

张胖子的媳妇看着那厚厚的一沓钞票，就想起了胖子。钱有了，胖子却走了，钱再多，又有什么用呢？

张胖子的媳妇想给自己的男人立个碑，把自己和老人孩子的怀念錾刻进去。碑石运回来了，打磨光生了，就只等找个日子把碑文写上了。

张胖子的媳妇找木玛商量请人写碑文，木玛也不知谁人能写，毕竟这清水泊至少有四五年没有死人了，那些七八十岁的老人，身子骨都还健壮得很。

木玛去问永贵叔，永贵叔起先也想不到合适的人选，抽到半袋烟，猛地把腿杆一拍，说，哎呀，我咋忘了，这喜庆的老师写得来碑文，几年前我就听说他给人写过。听人说，这薛老师的毛笔字在坝底这方圆百里，是一等的高手。

一听薛老师，木玛的心里不由异样地多跳动了几下，薛老师的面容又浮现在面前。木玛也不知这是为什么，难道这是爱吗？木玛的脸不自觉地红起来。

第二天，张胖子的媳妇就上街请薛老师来帮忙，木玛本来想跟她一起去，可惜活路太多，玉米再不收就要烂在地里，心里觉得空落落的。

张胖子的媳妇傍晚到木玛家，说薛老师爽快地答应这周末来帮忙。大家就谈起薛老师来。永贵叔说这薛老师是自己最敬佩的人，张胖子的媳妇说薛老师真平易，没有一点架子。

木玛心里很高兴，好像在说自己男人一般。

张胖子的媳妇又说，其实，这薛老师过得也不容易，一个人挣钱供三个人，娃娃上二年级，女人没有工作，却迷恋赌博，天天都在麻将桌上。大家本来有些好的心情又都黯淡下去。

永贵叔说，薛老师来了，晚上就等他上来住，我想跟他说说话。张胖子的媳妇爽快地答应了。

知道薛老师要来，木玛在剩下的四天里，心里充满了期待。一想到薛老师，木玛就要拿他与武蛮子比较，她也知道两者没有可比性，但木玛心里多希望在自己男人的身上看到一点薛老师的影子啊。别说一点，即使一丝也行。

木玛趁着晴天把那床最好的毯子和被子从箱底翻出来，拿到太阳底下晒好，把自己房间的那间客房收拾得干干净净。

周五下午，木玛望眼欲穿，回来的只有喜庆和瑞雪，没有薛老师。

喜庆给张胖子的媳妇带信说老师周六才上来。

永贵叔心里空落落的，木玛的心里也空落落的。永贵叔是因为没能和老师说说话，听听孙子的表现。木玛心里空落落的，连自己也不知道。薛老师周六一早就来了，张胖子的媳妇感动得不行，又是取烟，又是倒茶。永贵叔来帮忙抬碑，木玛来帮忙做饭。

薛老师从上午十点半开始写，到下午三点方写完，大伙儿虽说对书法没有研究，也觉得这字写得刚劲有力，不由得啧啧称赞。

薛老师本想下午回学校，永贵叔哪里同意，要趁晚上好好招待一番，早就让开秀婆婆和木玛回去准备了。

晚饭最终在永贵叔和薛老师的醉眼蒙眬中结束。永贵叔本就话多，把自己知道的，从古到今的，自己认为值得告诉老师的全都告诉了薛老师。

永贵叔找到了知音，虽说村里人也知道这永贵叔是个能人，除了能种庄稼，还能算命看风水，但是没有一个人说过佩服二字。而今天，自己最佩服的一个人居然诚心诚意地说佩服自己，永贵叔不得不喝多，不得不喝高。

薛老师也喝多了，也喝高了。他到木玛家来，觉得心里特放松，特高兴，更特别的是，薛老师总觉得木玛看自己的眼神很特别，充满柔情、充满热情。

薛老师在心里也很欣赏这个山村少妇，美丽、贤惠、知书达理。不由拿她和自己那个蛮横、懒惰、嗜好赌博的女人相比较，不由长叹一声。

永贵叔趔趔趄趄地上床去睡了，开秀婆婆忙着在老屋里为薛老师铺床铺，谁知这薛老师以为还是睡上次来的那间屋，加之酒喝得有些多，早早洗了脚上床了。

等开秀婆婆铺好床，出来招呼时，却没了人，一问木玛，方知已经在木玛后面的房间睡了。婆婆心里暗骂道，酒疯子，只知道喝烂酒，吃饭前，就要他在桌子上把今晚的住宿委婉地暗示出来，一喝酒就忘了天地白日。

开秀婆婆在饭桌上特意见缝插针说，这山上，秋天楼房太凉，今晚让老师睡睡山上特有的土炕。看来这老师只顾听老头子说话，没有听明白意思。

开秀婆婆就怕薛老师睡到以前那间屋里，虽说她相信这老师不是猴子那般角色，但那楼房只有楼门有锁，里面两个房间都没有门锁，要是这儿媳和那老师有点什么，咋对得起自己的儿子呢。

开秀婆婆不放心，把睡得死沉沉的永贵叔推醒。永贵叔迷迷糊糊听了开秀婆婆的一席担心，咕哝着说，薛老师是这样的人吗，瞎操心，莫见识。又倒头睡过去。

开秀婆婆还是不放心，等到木玛进了自己的屋，拉灯关灯后，又等了好久，才心事重重地睡下。

木玛倒在床上，想到隔壁就睡着自己内心里说不清、道不明感情的人，这个男人的气息此刻就从那些木板缝隙里传过来，暖暖的，凉凉的，这是武蛮子所没有的气息。

木玛突然觉得自己心理和身体好燥热，涌起一种原始的渴望和冲动。她多希望此刻这个男人能勇敢地冲过来，紧紧地抱住自己，像火一样融为一体。

木玛觉得这只是自己一厢情愿的想法，也许他从来就没有注意过自己，也许他已在酒精的麻醉下，早早进入了甜美的梦乡。

木玛还是侧着耳朵仔细聆听了一下，却意外发现隔壁床上这个男人并没有入睡，而是轻微又频繁地翻着身。

木玛刚平息的心跳又加快了。难道他也有什么心思吗？他也在受煎熬，身体的或者是心理的。木玛觉得自己此刻就像一把太阳下暴晒的枯草，只等一把火点燃，甚至不点都快燃烧了。

薛老师在木玛关房门那一刻就醒了。他蓦然觉得，自己今晚好像走错了房间，他记得，开秀婆婆在饭桌上说过，今晚睡土炕。薛老师心里后悔地骂自己愚蠢，但事已至此，只得老老实实地睡到天亮。但是，他睡不着，他想到旁边房间里睡着的那个丰满、漂亮的女人，甚至能想到她脱光衣服后美丽的胴体，还有她看自己时那柔柔的、热情的眼神，身体突然觉得燥热起来。

木玛管不了这么多，她也不怕薛老师拒绝，小时候她常听父亲说的一句话就是，过了这个村，就没有那个店。这个男人自己喜欢，哪怕把自己给他一次，或者只要他一次，这辈子也知足。

当薛老师看到一个人影悄无声息闪进自己的房间时，没有一点意外，毫不犹豫地抱住那个成熟而丰满的身体，两个人像两团火一般燃烧在一起。

天快亮了，木玛才悄悄挣脱他的拥抱，回到自己的房间。这个夜里，他们彼此炽热地进入对方的身体，没有说一句话，就像多年以来形成的默契。

永贵叔在早饭后去赶场，顺便送薛老师回去。木玛看到薛老师离开，没有以前的那种失落，不管是身体的，还是心理的。婆婆不停地、有意无意地想从木玛脸上发现什么，却没有一点收获，婆婆也把悬着的心放下来。

九

冬天卷着雪花向清水泊扑来，木玛时不时站在那个山包上，望着山下河对岸的公路，盼望武蛮子早点回来。

四娃子的女人带信来说，武蛮子他们的工程快结束了，最迟还有半个月就回来了。同时带来的还有个好消息，老板不扣工钱，每个人可以挣六千多块呢。

木玛不放心，到街上给武蛮子打电话。武蛮子兴高采烈地说，打工比在家里种庄稼强多了，四娃子已经找好了工程，明年继续来……

木玛没听完就挂断了电话，木玛在想，明年，明年，难道又得重复今年的生活吗？

河流　泪流

　　那是一个秋天，枫叶绯红，大雁南归。北坷怀着被秋风吹凉的心情走出了乡文教办。分配结果已经出来，小镇书记的公子，也就是文办主任的侄子陈飞到完小，北坷到最远的村小。文办主任用肥大的双手拍着北坷的肩膀说，小伙子，在新的岗位上努力工作，做出成绩。陈飞热情地握住北坷的手说，兄弟，不好意思，多保重。北坷平静地说，存在的就是合理的。

　　暖阳照在身上，真的温暖如秋。村里来接北坷的是一个很年轻、叫刘平的小伙子，把北坷的东西捎在一匹精壮的白马背上。两个人伴着叮当的马铃声，在悠长而崎岖的小路上行走。山下的河流越来越小，越来越细。先是漫无天际的闲聊，后来得知都是十九岁，心理距离一下拉近了。刘平焦虑地担心北坷也会这期来，下期走，不愿意久留。北坷笑了，声音震动了飘落的树叶。北坷说我是山村里长大的，什么苦没有吃过。北坷想起了父亲，小时候，父亲把自己背在背篼里，沿着蜿蜒陡峭的小路，跋涉近十里，到所在的村小上课。母亲则背着孪生的哥哥到地里参加集体劳动。稍微大一点，最喜欢读书的自己和哥哥背着书包，每日清晨和黄昏在学校和家里来来往往。在父亲的严格教育下，村小多半的孩子进了大学，有了工作。正是从那时，北坷觉得自己应该是和书本有缘的，不管是读还是教，而更应该和农村有缘的，不管是居还是农。想到这里，北坷又笑了，刘平也跟着笑起来，声音震飞了正在飘零的落叶。

经过四个小时的跋涉，翻越两座山岭，终于到达修建在半山腰的学校，远远地就看见一大片的人群在招手致意。刚到校门口，一个中年汉子跑过来，自我介绍是村长，握着北坷的手问寒问暖。一群小孩在大人的教导下，奶声奶气地高声呼喊：老师好，老师辛苦了。让北坷甚觉温暖。村长和刘平麻利地将北坷引进干净的寝室，铺好床铺，然后高声对着围观的人群说，明天早点把伢子送到学堂，今晚我本人给老师接风洗尘。人群中响起稀稀拉拉的掌声。

村长家离学校其实只有一步之遥。当晚，村长以美酒佳肴，盛情款待了北坷。从不喜欢喝酒的北坷，也情不自禁地喝下三两酒，在醉眼蒙眬中听见村长"爽快、爽快"的赞美声。酒桌上村长把刘平像狗一样呼来唤去，刘平也高兴地忙前跑后，一脸的荣幸与快乐。当然，村长那个漂亮、名叫芒玫的三女儿也在端盘送碟，举手投足间充满文静与优雅。"真美。"北坷在半梦半醒之间慨叹道。

日子就像山里清澈的溪流，在平静与充实中流逝着。北坷已经习惯了这里的工作。两个年级，三十多个学生，孩子们乖巧而懂事。他们唯一的担心是北老师会不会像以前的老师一样，在一个没有预兆的清晨不辞而别，因此学习更努力，成绩更优秀。生活呢，北坷本就习惯，就像北坷百里之外的家乡，一到秋天，蓝天白云，枫叶红遍，溪水潺潺。北坷常常把这里和家乡等同起来，这里也有像父母一样关心他的老人，有充满生机与活力的青年，有活泼可爱的孩子。仿佛在每一块生活过的农村的土地上，都能闻到家乡的气息和熟悉的味道，那么亲切与真切。北坷也在城市里生活过，那里灯火辉煌，车流如织，人流如潮，充满了现代与摩登。北坷也喜欢城市，但在城市里，他经常睡不着觉，仿佛城市拒绝他这样骨子里透着泥土气味的人。北坷因此越发喜欢这山村的宁静与悠闲。每当孩子们放学后，他就独自一人坐在靠窗的办公桌前，批改作业，设计教案。而窗外不远处，文静的芒玫就在屋里屋外忙碌地做着家务，那年轻而美丽的身影就在北坷的面前晃来荡去。

刘平对北坷充满了尊敬、崇敬甚至于崇拜，经常奉命从家里拿些腊肉来招待北坷，以此到学校来借书、打球、走象棋，如果天黑就在北坷处住下。而更多的时候，刘平还会在村长蛮横的吆喝声中，屁颠屁颠地过去帮着挑水背柴。是到学校两月之后，北坷才知道芒玫是刘平没过门的媳妇，也刚刚十九岁。北坷为自己的好兄弟能找到这样甜蜜的爱情而高兴。

但芒玫对刘平冷冰冰的语气和眼神，又不像是给恋人的待遇。北坷便提出疑问。刘平苦恼地说，哎，她心高，看上的是你这样的斯文人，哪像我抽烟、打牌，还粗话连篇。说完不禁黯然神伤。北坷善意地劝告刘平尽量戒掉不良嗜好，刘平点头答应了。但晚上，北坷难以入睡，芒玫确实是个好姑娘，就像山下流淌的小河，那般纯洁，还带着黛玉般淡淡的忧郁，正是自己心仪的女子。想起芒玫近半年来常常给自己送菜，常常以父亲的名义请自己过去吃饭，还偷偷给自己织了一件毛衣，北坷原本以为简单的事情，竟会变得这样复杂，甚至让好朋友惴惴不安，他决定尽量少去村长家。

校长在一个大雪纷飞的冬日来到学校，听了北坷旁征博引的一节课，检查了北坷写得飘逸潇洒的教案，不无遗憾地说，没想到深山藏着俊才。北坷淡然地笑笑。在完小教书的校长侄女肖潇也来了，惊叹于北坷的才学，真诚地要向北坷学习书法。北坷腼腆地答应了。

寒假回家，母亲爱惜地每天给北坷煮饭炖肉，当教师的父亲则给儿子传授教育的经验得失。更多的时候，北坷除了看书、写作，会和村里的男人们一起到距家近十里的山上背柴。男人们喜欢北坷的平易近人，未婚的姑娘们也把热切的目光投向北坷，因为村里的小伙子们加起来都没有他那么多的优点：杰出、谦虚、勤劳、孝敬。那些喜欢说长道短、牵线搭桥的媒婆，更是时常趁北坷不在的时候在北坷家一展口才，将她们口中和眼中一些沉鱼落雁、闭月羞花的姑娘进行隆重推荐。有时甚至于演变成一种演讲比赛，老远就听见北坷家人声鼎沸，喧闹震天。谁能攻下北坷的婚事，就能提高自己在媒界的地位和影响。母亲除了婉拒，心存感激，内心也充满了焦虑。北坷曾委婉地告诉母亲，婚事由自己做主。这些母亲都赞同，唯独对儿子要到三十岁才结婚的打算不能苟同。看看周围同自己年纪差不多的姐妹，都已经抱着孙孙，晒着太阳，露着笑容了。

在阳光与温暖同时到达古老村寨的初春，刘平和芒玫，两个刚刚二十岁的年轻人，悄无声息地迈过爱情的阶梯，甚至于还没有燃起爱情的火花，就走进了婚姻的殿堂。那个夜晚，北坷带着深深的祝福，带着真诚的友谊，醉倒在美酒佳肴中，没看见芒玫眼中的泪水与莫名的忧愁。

山顶的积雪开始融化，桃花水开始慢慢涨大，在那春花盛开的季节，纯朴的羌民在悠扬粗犷的山歌声中，开始播种收获的希望。开学了，北坷也回到熟悉的校园，帮助熟悉的孩子们播种年少的希望，只是黄昏端坐于窗前的办公桌批改作业时，不见了窗外曾经熟悉的身影，心中常常涌起无名的伤感与空虚。肖潇开始在星期天克服重重困难，来到这偏远的山寨，播撒爱情的种子。北坷心里也充满了感动，四个小时的山路，对于一个从小生活在城里的姑娘来说，该是怎样巨大的艰难啊。北坷开始笨拙地学会用温柔的青春术语来感谢这个美丽姑娘的情谊。

肖潇也是一个文静、聪慧但又泼辣的姑娘，她把青春与梦想带进了古老的山寨，敲开了北坷从未开启的爱情闸门。北坷小心翼翼地撕开放在他心灵祭坛上的爱情封签，接受了肖潇撒下的爱情魔粉。在学校，在山路，在山下那清澈的小河边，留下了他们像蝴蝶一样快乐的影子。北坷有时在想，芒玫也许就像山间默默开放的桂花，悄无声息地绽放花香；而肖潇呢，就像花圃里的兰花，高贵而不失典雅地散发出幽香。肖潇曾动员北坷争取机会调到完小去，毕竟这里太远、太艰苦了。可是北坷心里知道，一旦自己调走，这些可爱的孩子呢，又将失去上学的机会。而那些纯朴的家长，又将在心里刻下深深的失望。北坷说了自己的想法，肖潇在遗憾的同时，还是点头称是。

除了肖潇，乡书记的公子陈飞居然在一个星期天赶到山里来，也难为了这个体重达一百六十斤的胖墩。他喘着粗气，带着臃肿的微笑紧握北坷的手，用丰富的言辞表达了对北坷的关切。北坷礼貌地接待了他，只有肖潇用满是鄙夷的目光冷冷地看着陈飞拙劣的表演。对于陈飞，北坷是了解的，当初进师专时，他不够分数，他那当书记的老爸动用了所有的关系，弄了一个委托培养指标，他才终于迈进了师专大门。师专的同班三年里，陈飞和北坷都是知名人物，不同的是北坷每年拿奖状和奖金，陈飞拿到的是处罚和处分。分到完小的这近一年里，除了喝酒的时候不醉，其余时间都是醉醺醺的。班上的小孩子已经在背后悄悄将他喊成了"沉醉"老师。校长大会小会批评过无数次，可陈飞老师不吃这一套。对于他而言，校长算什么，还不是在他书记爸爸的领导之下。

陈飞正是年少轻狂的时节，他开始分泌爱情的糖浆，发散多目标的爱情情怀，狂热地从学校年龄最小的女老师开始爱起，并许以丰厚的条件。遗憾的是年轻的姑娘们委婉地告诉他自己芳心已许，让陈飞老师捶首顿足。陈飞老师终于麻着胆子把目标投向校长的侄女，之所以是麻着胆子，是因为他深知这个貌美如花的姑娘是带刺的玫瑰，从来不对他有好颜色。陈飞也常常自责为什么在师专时不好好表现，到现在搞得这般被动。这次陈飞定下了"排除万难，不怕伤心，去争取胜利"的追求措施，开始了与北坷的爱情争夺战。

陈飞曾无数次从雪莱、普希金甚至汪国真的诗集里摘抄下许多感人肺腑、凄婉美好的诗句，让学生或者亲自悄悄塞进肖潇的书桌，但都如石沉大海。陈飞又亲自出马请肖潇晚上出去吃饭、唱歌。谁知肖潇杏眼一瞪，冷冷地说，陈大公子，还是把心思多用点在教学上，自然有人爱上你，我是打死也不会喜欢你的，请你节约一点纸张和口水。说完扬长而去，让陈飞在心里滴下鲜血和泪。但陈飞不知从哪里听到这样一句话，精诚所至、金石为开，在无数次碰壁之后，陈飞并没有倒下，而是顽强地站立起来，开始了漫长的追求之旅。

每当周末，陈飞都倍加注意肖潇的动向，只要一见肖潇穿上旅游鞋，就连忙更衣换鞋、购买饮料水果，嬉皮笑脸地跟在肖潇后面。但见肖潇劳累，就马上拿出饮料、水果，殷勤地递到面前。肖潇是拿过来就喝，喝完又开始冷冷地说，陈公子，不要做无用功了，快转向吧。陈飞内心充满了恼怒，说，北坷有什么好，在一个破村小教书；我虽然以前有坏习惯，可是浪子回头金不换嘛。肖潇习惯性地冷笑一声，公子，你现在人模狗样，是因为你靠着一棵快要苍老的大树，大树倒下了，你又怎样？而北坷不同，有本事，有思想，有志气，这些你都比不上。所以，你和北坷是不能同日而语的。一席话让陈飞如枯萎的稗草，低头不语。

陈飞见从肖潇处下手希望渺茫，一番思索后，将突破口转向了北坷。于是到学校后，陈飞表现了非同一般的热情，虽然他能感受背后肖潇投来的鄙夷目光。特别是一顿倍觉尴尬的晚餐。肖潇在快乐的忙碌后，只在桌子上放着两副碗筷，当陈飞上桌时，肖潇只是看着他冷笑，让陈飞冷汗直冒。好在北坷对他没有恶意，主动给他拿来碗筷，而肖潇对北坷这一举动显得有些不高兴，于是大家就在无言无语中尴尬地吃过晚餐。

晚上，北坷依然把肖潇送到村长家休憩。刚回到学校，陈飞就用肥大的手掌，紧握住北坷的手，传达了他的父亲，也就是乡党委书记、教委主任的意思，希望北坷好好干，争取下期调动到完小。再委婉地告诉北坷，办到这些也容易，条件不多，只要北坷跟肖潇分手。北坷很平静地听陈飞讲完这一切，冷静地说，陈飞，分配时我们没有在公平的起跑线，但是这次是一场公平的竞赛，就看谁的本事了，只要你能赢得肖潇的心，我会主动退出。陈飞恼怒地从鼻孔里喷出一个字，哼！脸色变成死灰色。秋色再一次降临山寨，新的学期又开始了，山寨的孩子们早早就在校外的操场上，眺望山底小河流淌处熟悉的身影。是的，讲信用的北老师没有食言，依然来到山里。上期末时，家长们改变了让孩子们给老师送菜的习惯，趁有空闲的时候专门来到学校，除了感谢北老师的教学有方外，就是询问北老师下期的去向，又都在北老师肯定的答复下一个个面带笑容满意而去。

北坷心里很清楚，自己不会有机会调动的。更重要的是，北坷实在不想离开可爱的孩子们和纯朴的家长，这里就像自己的故乡，温暖而惬意，而且自己一走，没有多少老师愿意到这里来，毕竟太远了。好在村里考上了两个师范生，明年就能毕业，山村总算储备了教育人才。

校长在开学前专程到文办和乡教委要求调动北坷到完小，理由很充分，完小正缺少一个写一手好字、写一手好文章、思维敏捷的老师来当大队辅导员，虽然北坷稍稍内向的性格还需改变。文办主任使劲抬起一直以来都浮肿的以至有些沉重的眼皮，严肃地说，经文办和乡教委研究，已经制定出新的政策，从今年开始，必须在村小工作两年以上，才能申请调动，北坷是不符合规定的，你回去吧。一席话让校长义愤填膺，却又无可奈何，只得快快而归。最气愤的当然是暗地里为北坷调动奔走的肖潇，得知这一结果后，在开学会议上，当着众多老师的面，指着陈飞的鼻子，吼道，小人！简直声震寰宇，让众人在吃惊的同时，心里也畅然不已。

刘平和芒玫结婚后也长大了，开始养家糊口了，变得更勤快了，吃烟喝酒的恶习在媳妇的调教下也已经改得差不多了。小两口时不时会托人给北坷带些新鲜的蔬菜。等到肖潇来时，刘平会专程上来邀请他们到家，以美酒佳肴相待。肖潇和芒玫由于性格相投，不一会儿就成了好朋友，两个小女人怀揣幸福，在神秘小声的谈话中绽放着笑容。刘平开始走科技致富的道路，拿出一本北坷带给他的、已经揉得皱皱巴巴的《农村致富百事通》，在二两酒精的刺激下，开始畅谈家庭经济的发展大计，并要北坷献计献策。在理论指导下，刘平开始付诸实践，先后养过海狸鼠，喂过田鸡，挖过兰草，最后都因技术简陋资金缺乏而功亏一篑。

芒玫快要做母亲了，偶尔挺着大肚子在刘平的陪伴下回娘家。北坷想到一年前，这个文静女孩子对自己暗恋的情愫，不由得在心里暗笑，好在小两口结婚后恩爱有加，才让北坷放下心来，更增加了对这山里女子的几分敬佩。刘平满脸骄傲地宣布，孩子出生后，北坷和肖潇是干爹干妈。北坷把这个消息告诉给肖潇，肖潇高兴地跳起来，不付出劳动就可以白捡一个孩子，好啊！说完，又觉有些难为情，不禁满面通红。

此时，一番又一番的打工浪潮已经波及这遥远的山村，村里的青壮年纷纷外出打工，深圳、浙江、福建……一张张钞票也开始源源不断地流回来。刘平开始跃跃欲试，准备外出大显身手，心想最好弄个衣钵满盆，让一家人过上花团锦簇般的生活。

此时，恰好芒玫的舅舅受招民工到缅甸伐木，刘平认为这是一个好机会，在取得芒玫的同意后，狠下心来，决定出去闯荡一年。临走时，刘平专门来与北坷道别，北坷把叮咛与嘱咐送给刘平，刘平则把照顾妻子的重任交给北坷和肖潇。两人在有些伤感也有些苦涩的酒杯碰撞中互道别离。

刘平很快到了缅甸，来信报了平安，开始异国的打工生涯。除了芒玫的父母，每隔几周肖潇上山村来时，他们就会去看望芒玫。在新年开始的初春，一个新的生命历尽磨难降生了，但是芒玫还没有享受到做母亲的快乐，就因为难产而去。北坷在无尽的悲伤中，协助办理了芒玫的后事，肖潇得知这一消息，痛哭失声，泪流不止。这一切，刘平都不知道，他在来信中得知女儿出世，高兴得不知道说什么好，只是一个劲地说，兄弟，我们这边虽然伐木劳累，但收入特高，我年底就回来，那时我们两兄弟好好喝个痛快。看到这些，北坷又平添几分伤感，但是他不能告诉刘平，还得继续这些伤彻心肺的谎言。

在一个酷暑难耐的夏日，新的噩耗从天而降，刘平为疏通放木头的索道，被巨木砸中头部，因伤势过重而魂断异乡。北坷不知道那个血色黄昏，他是怎样以颤抖的手拿住那封刘平用尽最后力气写下的信，沾满血迹的字迹，断断续续地提出了要北坷帮忙照顾妻儿的请求。看到这些，北坷在哽咽中泪水止不住滂沱而下。一切来得这样突然，凄惨得有些不真实，北坷拧着自己的面颊，让钻心的疼痛渗透进意识，是的，两个年轻的生命消逝了，一个因为疾病，一个因为意外。是什么造就的？是命运？是老天？还是……两个曾经给自己带来快乐和幸福的同龄人就这样走了，泪水又能挽回什么？又能祭奠什么？

河流在山间静静地流动，泪流在心里静静地流淌。岁月究竟带走了什么？又留下了什么？河流不语，泪流不语。

河流依然不停地流淌，时光依然悠长地流逝，而窗外一年前熟悉的身影早已成为过去。北坷不愿意再回忆过去，他要尽快结束这一切悲伤的记忆。

大雁又开始南归，秋色铺满了大地，是收获的时节了。北坷与肖潇心手相牵，走进爱情的收获季节，怀中抱着那个可爱的女儿，是刘平和芒玫的，也是他们的。

北坷带着痛苦离开了那偏僻而纯朴的山寨。

河流依然……

2001 年 3 月急就　2005 年 1 月改就

摇　哥

一

摇哥本叫姚哥，高大魁梧，胡茬满面，为人豪爽，也喜爱吹牛海夸。但不喜劳作，虽家居这小镇旁边，但生活拮据，度日艰难。眼看小镇上其他人整日辛勤劳动，不仅生活日渐富裕，还盖上了楼房，这让姚哥既羡慕不已，又羞愧交加。但他梦想有一日能突然暴富，既能过上幸福生活，又能免除劳作之苦。

机会有时也垂青于一个不应该给他机会的人。就在姚哥对生活越发失望的时候，小镇突然掀起了淘金热，大小老板蜂拥而至，河滩上机器轰鸣，人声鼎沸。姚哥对这一切漠然视之，甚至于充满嫉妒。眼看别人腰包鼓鼓，自己却空空如也，姚哥心里窝火啊！有人叫他去背点金砂，挣点烟钱，姚哥却坚决地摇摇头。剥削姚哥的剩余价值，没门！

河滩宽度有限，不几月就被掀了个底朝天。金老板们经验老到，四下打量，眼光明了，看上了挨着河边的一大块地。这块地边的河道宽敞，水流缓慢，河沙轻浅，底板平整，是个出金的好地方。于是向旁人打听，方知是姚哥的田地。其中一个刘老板买了几十块的礼品，忙着前来商量租地。

其实，在刘老板来前几个小时，姚哥就听说了这件事。姚哥心里美啊，高兴啊：天助我啊，我姚哥就要发大财了。姚哥一边盘算着如何加大要价筹码，一边庆幸自己的因祸得福。他记得当初包产到户分地时，许多人都怕分到河边的这块地。一是土质板结沙化，产量极低；二是一旦涨水，十年有九年庄稼都要被淹没。想到李老汉，姚哥就想笑，当时生产队长打算将地分给他，老汉又哭又闹，甚至发话要上吊。就在大伙一筹莫展之时，睡眼蒙眬、刚刚到地的姚哥让大伙心头一亮，都说姚哥最适合这块地，甚至还说这块地跟姚哥的性格都像。姚哥知道在奚落他，但他对土地从无好感，好坏无所谓。加之家中只有老母，哥哥早已分家另过，自己又是光棍一条，姚哥就是实权人物，最有发言权，便懒洋洋地答应了。李老汉感激涕零，队长更是大会小会对姚哥加以表扬。后来，姚哥讨了个女人，女人还算勤快，不但生了两个儿女，时常也在地里捣弄，庄稼也能看得过去。

姚哥正美着，刘老板已找上门来。姚哥见送来礼物，满面笑容，热情不已。刘老板说明来意，姚哥沉默不语。姚哥不傻，他估计还有老板找上门来。就在这当儿，另一肥头大耳的张老板来了。见情形，一面埋怨自己行动迟缓，一面思考对策。看到桌上的礼品时，他心里有数了。张老板忙上前与姚哥热情握手，并顺手塞给姚哥十张百元大钞。姚哥心在激动，手在颤抖，两相对比，姚哥觉得张老板豪爽得多，于是更为热情地与张老板交谈，刘老板几次插话，姚哥装着没听到，刘老板只得拂袖而去。张老板趁热打铁，力邀姚哥以土地入股，当采金公司的第二经理，利润六四分成。姚哥最体谅人，想人家既出钱又出工，自己就损害一季庄稼，何况还有大利润呢。于是订了协议，签了合同。张老板见天色已晚，便邀姚哥进了小镇最好的餐馆，好酒好菜相待，在席桌上，张老板问了姚哥的年纪，姚哥小两岁，两人当场结拜为兄弟。一顿饭吃到月上柳梢，方乘兴而归。

当晚，姚哥心潮澎湃，难以入眠。起床清点摩挲那十张崭新的钞票，还给祖宗烧了香，说了感谢话。姚哥本想和女人谈心，可女人白天太劳累，推不醒，只得作罢。姚哥就躺在床上，开始安排这一千块钱的用途，直到鸡叫方迷糊入睡。

二

第二天，虽然脑袋昏沉，姚哥破例在九点钟以前起床，也破例到街上去吃了一次早饭。看到九岁的儿子去上学，姚哥再一次破例给儿子拿了两元零用钱，儿子不敢相信，迟疑了两分钟才接过手。街上的人已听说了姚哥发财的事，对他说话客气了许多，这让姚哥心里安慰不少，他走路时头也抬高了，腰也挺直了许多。姚哥去了信用社，还了已经欠了几年的两百元贷款，心中放下了一块大石头。又去商店给家中大小每人买了衣裤，特别是自己，委屈了这么多年，姚哥好好地挑选了一番。他还理了发、洗了澡，姚哥甚至不敢相信镜中经过打扮的自己。这时，拜把兄弟骑摩托来接他了。现在姚哥已经是第二经理，他怀着从未有过的好心情上任了。

姚哥的地里已经是一片忙碌，张老板叫姚哥主管工人的生活，金矿的一切由他本人负责。姚哥想到既然是兄弟，加之革命本就分工不同，也就爽快地答应了。从此，姚哥每天也就来来工地，看看工人的伙食，吩咐厨子买米买面，生活幸福而悠闲。每隔几日张老板就会送来一大沓钞票，不仅姚哥，就是他的女人，脸也笑得像一朵满是皱纹的黑花。姚哥是当家的，金钱当然由他保管，偶尔心里高兴，也会顺手丢给女人几张。

姚哥现在一改过去的深居简出，无事就上街溜达。大伙儿也开始一改过去对他的不屑，说话变得尊敬起来。更让姚哥高兴的是小镇书记居然主动向他打招呼，这在以前是不可想象的。不过李老汉见到姚哥却咬牙切齿的，充满愤怒与失落。

姚哥心里充满了复仇的快感。过了几日，张老板又给姚哥送来一辆崭新的摩托，姚哥于是把精力用在驾驶上。姚哥虽然聪明，毕竟手脚粗糙，加之过于激动，经过几天鼻青脸肿的学习，才终于能够潇洒地骑车穿街而过。除了摩托，姚哥生活中还增添了许多原来所没有的内容，朋友就是其中之一。严格说姚哥原来只有一个真正的朋友摆哥，两人经常在一起吃孬烟、喝寡酒、下臭棋，自得其乐。可惜摆哥讨的老婆脾气暴躁，一见两人在一起鬼混，保证第二天摆哥遍体挂花。久而久之，两人在一起的时间越来越少。三年前，摆哥被老婆赶到外省打工挖煤，谁知竟把小命丢在异乡。想到这里，姚哥看了看手里的高档香烟，长叹一声。好在现在姚哥已经朋友遍街了，张三李四王二刘五，数不胜数。大家每日都邀请姚哥饮酒聊天，偶尔姚哥忘了去工地，张哥毫不见怪，反而叫姚哥尽情游乐。这让姚哥很过意不去，感觉自己没尽到经理的职责，决心第二日早早上班，可惜不是起床太迟，就是朋友早就有约。

日子就像姚哥门前下水道的流水，静静地流过，而钞票却源源不断地向姚哥家中流入。张老板给姚哥贡献不少，自己收获更丰，这些姚哥既不知道，也不计较，在一个月光明媚的夜晚，姚哥趁着酒兴，细细地数了数这近半年的存单，虽花费不少，但居然也有十万之巨。加之张哥说这块地下面的金还很厚实，姚哥对未来无限乐观。

姚哥发财以后，觉得家居街之后隅，一则上街不甚方便，再则原有房屋也太寒酸，朋友拜访很不体面，于是决定在街上重建华宅。虽然女人极力反对，劝姚哥节约一点，但被姚哥狠狠地批评了一顿，只得暗自流泪。说干就干，姚哥放出话来，承包者趋之若鹜。几月以后，姚哥就入住新居，新朋友全部来祝贺。姚哥也大摆宴席，尽兴地热闹了几天几夜，挣足了面子。于是，大家每天都可以看见姚哥骑着摩托穿街而过的身影，有时还能欣赏到他摇摇晃晃、满身酒气的背影，能听见他家里声震天地的谈笑。大家见姚哥如此招摇，如此逍遥，于是改称他为"摇哥"。姚哥听后不怒反乐，对人说我招摇、逍遥又怎样呢？我高兴，我喜欢。

三

姚哥，不对，应该叫摇哥了。摇哥每日朋友不断，招呼应酬是必不可少的，添茶倒水是不能敷衍的，可是摇哥却看不惯自己的女人，对自己的朋友很不欢迎，甚至做脸做色，很多时候，居然还到街后那块地里侍弄庄稼，让摇哥很没面子。少不了时常训斥教导，可女人却劝告摇哥多经管工地的事，不要与狐朋狗友鬼混。这更让摇哥火冒三丈，越发对自己的婚姻充满失望，他开始审视当初的草率了。看到女人那黄瓜脸、臃肿的身材，与那些漂亮的小姐相比，简直是天壤之别，于是摇哥越发看不起女人了，也从不给女人好脸色看了。正在摇哥为自己的婚姻遗憾、对新的爱情升起憧憬时，小镇上来了一位姓朴的、开理发店的漂亮姑娘，身材高挑，面容姣好，性格开朗，正是摇哥心仪的梦中情人。于是摇哥对朴姑娘展开了猛烈的攻势，每日有事无事都要到理发店盘旋一番，久而久之，两人就眉目传情，心有灵犀了。朴姑娘前卫新潮，勇敢地接受了摇哥的爱情和摇哥的钞票，她安慰摇哥说，不在乎摇哥的过去，不在乎天长地久，只在乎曾经拥有。摇哥感动得泪流成河，愈发与朴姑娘深陷情网，难以自拔。这给小镇上的男男女女增添了不少饭后茶余的聊天话资。当然，摇哥现在进行时的爱情还处于地下状态，不是摇哥不敢公开，而是朴姑娘说世人不会理解他们圣洁的爱情。还有就是摇哥并不怕女人，但怕女人的两个兄弟，他们不但家境富裕，而且性情暴躁，力大无穷。早在当初，摇哥托人说媒时，两兄弟就极力阻止姐姐下嫁，但女人最终不顾家人反对，屈就于摇哥，当时摇哥感激涕零，发誓要好好待女人一辈子。哎，不过这已是过去的事了，摇哥不愿意再回忆了。后来，两兄弟不满意摇哥的懒惰，既不相互走动，街头路尾还时常以言语相讥，让摇哥颜面扫地。当时摇哥人穷志短，只得忍气吞声，可现在，摇哥已不是当年的姚哥了。但现在，摇哥心里究竟还是不踏实，觉得还是隐蔽一些更安全。世上没有不透风的墙，没过些时日，女人就听到了风言风语，劝诫摇哥不要被狐狸精迷住，不要被别人当猴耍。摇哥见女人居然诋毁自己的情人是狐狸精，不由得恼羞成怒，对女人一顿拳打脚踢。女人一气之下回了娘家，儿女也痛恨父亲的所作所为，整日对摇哥怒目而视。摇哥对这些视而不见，他已被伟大的爱情迷糊了头脑，女人走了，摇哥更加放纵、自由了，整日待在理发店陪伴朴姑娘，生活充满了阳光。

好日子过了几天，摇哥记得并不清楚，不过那个晴朗夜晚发生的事，摇哥却记忆犹新。那晚，摇哥与他的朴姑娘正手挽手、肩并肩地在河边述说着绵绵情话，此时，凉风习习，虫鸣声声，两人感觉天旋地转，激情澎湃，紧紧地相拥在一起。不想后背一阵剧痛，摇哥气急败坏，想谁敢在太岁头上动土，简直是吃了豹子胆。扭头大骂，谁知一看，竟是眼睛瞪得像铜铃的两个舅子。摇哥霎时脸色刷白，脚也开始不听话地颤抖。摇哥心里一算计，好汉不吃眼前亏，忙勉强地堆起笑脸。不想两个舅子却不吃这一套，抓过摇哥就是一顿暴打，打得摇哥全身上下传来声声闷响。摇哥本就身体羸弱，加之五体不勤，哪有力气抵抗，几下就被丢翻在地，可舅子们一点也不同情，依旧拳如雨下。朴姑娘见情郎被打，直吓得花容失色，呆若木鸡，好一会儿，才清醒过来，大声呼救。附近的人以为出了什么大事，如飞马一般跑将过来，见是摇哥挨打，就都立在一边笑着看热闹。摇哥见有人来，忙大叫救命，可大家却无回应。不知谁还说，摇哥东摇西摇，摇得全身起包，不怪兄弟无情，只怪自己鬼迷心窍。马上就有人附和，指责摇哥是现代陈世美，理应遭报应。摇哥身上疼痛，脸上发烧，滋味难受。朴姑娘见大家如此，心中惭愧不已，想掩面而去，却被其中一个舅子拉过来，左右开弓，脸上顿时火辣辣的疼痛起来。众人却低头窃笑。两兄弟发泄完心中怒气，丢下一句话，摇哥，你若再不悔改，我俩兄弟随时会理抹你。然后扬长而去。众人也作鸟兽散，丢下为爱情受伤的两个可怜人，摇哥与情人抱头痛哭，待到稍有力气，方相互搀扶，蹒跚而回。经历这次打击，摇哥回家整整睡了三天，方能下床行走。其间，朋友们也来看望问候，摇哥咽不下这口气，叫朋友们帮忙反理抹一下可恶的舅子，可朋友们支支吾吾，劝告摇哥君子报仇，十年不晚。摇哥心中方好受一点。几日以后，摇哥又出现在街上，只不过鼻青脸肿，一瘸一拐的。朴姑娘不知何时已悄然离开了这座伤心的小镇，去向不明。摇哥伤好以后，也正经地上了几月班，并热衷于采买，骑上摩托，每几日就要到几十里外的另一小镇去，并且一待就是几天，忙忙碌碌。摇哥的女人，由于兄弟帮忙教训了摇哥，也回到了家里，开始辛勤地照顾儿女们的学习起居。摇哥偶尔回家一趟，也不敢责骂女人，就待在沙发里看电视，儿女也懒得搭理他，摇哥精神倍加空虚。

四

　　摇哥的朋友们也怕那两个凶神恶煞的舅子，很少到家里来了，但时时牵挂着摇哥。恰巧，小镇上忽地兴起赌博之风，打麻将、诈金花等形式风起云涌，街上麻桌林立，麻声鼎沸。摇哥正在感情寂寥时期，朋友们热情相邀，摇哥也就欣然应邀。在麻桌上，摇哥虽然是新手，但手气特好，每日都有赢钱进账，朋友戏称摇哥是情场失意，赌场得意。摇哥顿时笑逐颜开，心中畅然不已，心里说，我摇哥不仅赌场得意，情场一样得意呢，为什么呢？谁也不知道。从此，摇哥对赌博一往情深，每日沉湎其中，不知天地白日。摇哥现在自诩是久经沙场的老将，以为赌技已炉火纯青了，加之朋友们吹捧，又加之每日光赢不输，摇哥更是扬扬得意，早已不满足这些小打小闹，倡导大赌豪赌，一时在小镇赌坛上名声大震，来拜访、切磋者络绎不绝。摇哥赌博从不搞小动作，出手又大方豪爽，大家自然赞不绝口。起先小赌时，摇哥赌运尚可，但大赌时，不知怎的，摇哥总是运背，十赌十输，几天就输了上万元，而小赌时总是输钱的朋友们，一个个却时来运转，赢得喜笑颜开，皮包鼓鼓。他们见摇哥垂头丧气，都安慰摇哥说，赌博肯定有输有赢，只要坚持下去，肯定会打个翻身仗。摇哥想．我摇哥是小镇的名人，岂能让人小瞧。于是装着毫不在意的样子，谈笑自若。赌局一天天进行着，摇哥手气越来越坏，钞票越来越薄，心情越来越糟。但他依然强打精神，希望有一日能东山再起，把输掉的都赢回来。与此同时，张哥告诉他地下储金已不多，摇哥更是心焦。

摇哥在赌场里苦苦煎熬时，不知外面的世界已经发生天翻地覆的变化。河边乱采金砂，河水改道，水土流失，环境毁坏严重，引起居民严重抗议，上访举报者不断。县上及时派人调查，免去镇长职务，查封一切采金活动。张老板见大势已去，卷起家伙一溜烟跑了。当然该给摇哥的那一份，张老板也顺手牵羊了。

摇哥把所有的现金、存折都赔了进去，大伙劝他歇歇，哪知摇哥赌红了眼，横竖下不了火线。打电话叫张哥送钱过来，谁知死活打不通。忙叫人去探听，方知乾坤已变，急火攻心，大叫一声，当场晕倒在地，半天才醒过神来。朋友们早已不知去向，只余下孤零零的摇哥一人。摇哥在地上呆坐了许久，方拖着铅般沉重的双腿，一步一步挪回家里。

摇哥这次大伤元气，躺在家里昏睡了七天七夜。原来的朋友们却躲得无影无踪，更给摇哥伤口上狠狠地撒了一把盐。摇哥对人生充满了无尽的失望，打算了却生命。他趁家里人不在，坚决地拿起了水果刀，小刀刚划破皮肤，就疼痛难忍，摇哥只得放弃这种方法。他也想过吃老鼠药，但一想死后七孔流血的惨状，不由得心惊胆战。摇哥想尽种种办法，都觉惨无人道，自觉是天不绝我，终于打消了自尽的念头。

摇哥现在又身无分文了，过惯豪华生活的他，哪吃得惯女人的稀饭加寡菜，胃口全无，不几日就消瘦无比。但他自觉对不起女人，只得强忍着。摇哥不敢再上街，怕睹物伤心，更怕别人指指点点，心中惆怅寂寥不已。女人见摇哥如此，说摇哥早就会有今天，迟来不如早来。这让摇哥更加伤感。

日子又在摇哥的愁郁中移动了半月。忽一日，半年不见的朴姑娘从天而降，挺着个大肚子，带着一帮人，找上摇哥家，吓得摇哥六神无主。原来朴姑娘并未走远，就被摇哥藏在他经常跑采买的小镇。朴姑娘对摇哥摊牌说，她的青春被毁，还怀了摇哥的孩子，要么补偿一分损失费，要么就告摇哥强暴罪。摇哥向情人求情下话，情人冷笑不答。摇哥骑虎难下，思前想后，觉得还是花钱买个平安。但摇哥现在连十元钱都拿不出来，去向昔日朋友借，一个个板着脸，都说无能为力。摇哥吃惊不已，摇哥无计可施，焦头烂额。情人就找了买主，估了价，卖了摇哥街上的楼房，拿了现款潇洒而去。走出小镇不远，丢了塞在衣服里的洋娃娃。

五

摇哥就像经历了一番幻游，又搬回了原来的家。摇哥现在让人叫他姚哥。说经历了这些事，他懂了很多，他又开始了吃孬烟、喝寡酒，也开始挣钱养家糊口。

摇哥现在爱唱这样一首歌："终点又回到起点，到现在才发现……"

尴尬的时事播报员

刘香月是位年届三十的少妇，虽没有沉鱼落雁、闭月羞花的美貌，但面容姣好，加之保养尚可，也算是小镇上的标致人物。这刘香月是乡政府的播音员，每天除早晚开放广播，宣读一些党的方针政策、乡镇党委政府的文件指示，外加插播饲料广告、招工公告，其余日子则甚是清闲。这清闲的时光里，刘香月充分地发挥了自己的新闻嗅觉特长，探听小镇新近发生的一切事情，精心地分析、判断后，再进行深层次的艺术加工。一件极其普通的事情，一旦经过刘香月的润色，便变得非常惊险、离奇而又生动。因此，人们当面都亲切地把刘香月尊称为"小镇时事播报员"，背后则赠送"刘长舌"的雅号。

刘香月最经典的"时事播报"是半年前的一件事，让整个街道人人皆知，但最后的结局却出乎所有人的预料。那次，刘香月到县上参加乡镇广播员培训，她每日只在清点人数的时候去报个到，然后趁机溜号，在各个商场闲逛，满足眼睛与心理的需求。

记得是个温暖的午后，刘香月正在一家名为"浪漫情怀"的专卖店试穿衣服，忽然从试衣镜里看见一个熟悉的身影闪过，那不是李乡长吗？怎么和一个不熟悉的女人走在一起，还手牵一个小男孩？刘香月马上动用她那新闻的思维进行分析，判断这里面肯定有问题。刘香月想到，李乡长的妻子张梅是镇中学的教师，贤惠而文静，从表面上看和李乡长关系很好，时常见到两人牵着小孩在黄昏到河边散步，没想到李乡长移情别恋了。同是女人，刘香月感觉有责任有义务帮助姐妹，于是小心地跟踪而去。她见李乡长和那个娇媚小巧的女人亲密地摆谈，偶尔还把身边的男孩亲热地抱进怀里。看来一定是金屋藏娇，并且还有了一个私生子。刘香月感到震惊不已，跟踪几条街以后，又见乡长和那女人一起走进一幢商住楼，才兴尽而返。

等到学习归来，刘香月先是拉住政府家属院里具有同样特长的张老太，神秘兮兮地说："你知道吗？别看李乡长平时很正经，他在外边有小蜜，甚至还生了个小孩，哎，这张梅真可怜，到现在都还蒙在鼓里。"于是，刘香月跟张老太唏嘘了一番，才回到家里。第二天，刘香月趁上街收取电视收视费时，把自己所见到和分析的情况，向街道上有共同爱好的婆婆大妈们进行了通报，并把女人的外貌、身材进行了一番夸大。转眼工夫，李乡长在外养小蜜的事情就在整个镇上传得沸沸扬扬，在镇上教书的张梅很快听到了同事关于丈夫的议论。张梅联想到丈夫这段时间常常到县上出差，有时还要主动争取；又在脑海里对县城里所有的亲戚朋友进行了回忆和筛选，没有发现这样的女性，便相信了大家的传言，心情格外沉重。

李乡长哪里知道镇上所发生的事情，他办完出差事宜后，给妻子和孩子买了一些小礼品，高兴地回到家里。谁知道一向笑脸相迎的妻子却冷若冰霜。李乡长想问个究竟，张梅冷冰冰地说："去问你的情人吧！"这李乡长受了满肚子的委屈，更觉得有些莫名其妙。去上班时，又发现人们的眼光有些异样，心里有些犯嘀咕。

李乡长这次出差，听人说书记要调走，组织上准备考察他，让他接任。本想回来跟妻子透口气，没想到却被弄了闷头葫芦，心里更是窝火。等到晚上，李乡长经过再三打探，才知道是有人在背后捣乱。张梅听了丈夫的解释，解除了对丈夫的误会。李乡长本来要找刘香月问个清楚，张梅极力阻止，方未成行。

两个星期以后，县委组织部一行来考察李乡长。刘香月眼尖，一眼就看见了来人中有李乡长的小蜜。

大贵送礼

　　大贵脑袋聪明，手脚勤快，自己办了个青石加工厂，生意很是兴隆，盖上了三层小洋楼，买了货车，家里的存款达到了六位数。他家是整个村里最富裕的人家。大贵有一儿一女。女儿小芳在城里教书，找了个在市政府当秘书的女婿。儿子小贵大学毕业后在一家公司里任职，深得老总的赏识。这一切都让大贵面上风光，心里畅快。大贵还有个优点，就是从来不打牌、不抽烟、不饮酒，被村里人称为"三好丈夫"，在村里有很好的口碑。大贵特别恨村里喝烂酒的人，可是，冤家路窄，大贵的邻居老仿就是一个酒鬼。老仿听不得酒字，闻不得酒香，简直嗜酒如命，经常是三天一大醉，五天一小醉。醉酒之后不是倒在地上昏睡如泥，就是在村里东倒西歪地乱窜，胡言乱语地骂人，更多的时候则是把家里锅碗瓢盆打得稀烂，把自己的婆娘打得鼻青脸肿，哭声震天。而地里的庄稼却无心侍候，日子过得紧巴巴的。

　　大贵实在看不过去，就好言劝告老仿，谁知道老仿瞪着他那醉意蒙眬的双眼，语无伦次地说："我……我老仿就喜欢这一口，要不，你也来尝一尝，自己不会就不许别人喝，真是多管闲事……"把大贵气得七窍生烟。比大贵更气的则是老仿的老婆，几次要和老仿离婚，若不是大贵夫妇极力劝阻，可能早为他人妇了。

老仿有个十八岁的女儿，这天正要定亲。老仿过来邀请大贵做客，按照当地风俗，做客必须送上三样礼物：鸡蛋、黄豆和酒。大贵心想："这老仿如果收下酒，必定又会喝得天昏地暗，家里又要鸡飞狗跳，不得清静。"正在为是否送酒左右为难时，看见柜上一个"五粮液"空瓶，大贵想起这是过年时女婿孝敬的，因为自己不饮酒，还是女婿和儿子喝掉的。大贵计上心来，给空瓶灌满白开水，装进精致的包装盒里，嘴里还念念有词道："老仿，这次让你喝个够，你该不会喝醉吧。"

老仿见大贵送来如此高档的酒，脸上堆起满是皱纹的花。客人走后，老仿把这瓶酒端端正正地放在最显眼的角柜上，每日酒瘾来时就看看，很多次想喝时，听人说这酒特贵，又实在舍不得。终于有一天，别人送的酒已经喝完了，老仿迫不及待地旋开瓶盖，"毕竟是好酒，开瓶都这样轻松。"老仿心里美滋滋的。老仿闭上眼睛呷一口，仔细品味，可嘴里一点酒味都没有。老仿甚是吃惊，把一杯酒全部灌入口中，还是如此。老仿心有不甘，拖过瓶子，用鼻子使劲嗅了嗅，才知道上了当，"他妈的，用白开水来骗我。"老仿气得青筋暴起，扬起酒瓶就要往地上砸，可他又转念一想："山不转来水弯，你大贵戏耍我，你也有请我的时候，我何不来个以毒攻毒呢。"大贵依旧把水添满，还跑进厨房，舀来一勺子盐，恶狠狠地放进去，再复原包装，只是等待机会的到来。

恰好一月以后，是大贵五十大寿，左邻右舍、亲戚朋友都来祝贺，大贵家真是人声鼎沸，热闹非凡。老仿也心怀鬼胎地前来。小贵妈见从不来祝寿的老仿来了，便热情地招呼应酬。

大贵的儿女也回来了。儿子小贵还带回来自己的女朋友和公司老总，这女朋友和老总是父女关系，更使气氛热烈了许多，老总准备提小贵当副总，女儿准备提小贵当丈夫。好在父女俩对所见的、所听的一切都是那么如意。特别是大贵，把两位高贵的客人照顾得无微不至，甚至让父女俩有些感动。转眼，小贵要陪老总和女儿回城，出于最真诚的礼仪，大贵在众多的酒中选了两瓶"五粮液"送给老总，老总喜好饮酒，便欣然接受了馈赠。

这老总回城的第二日，一位久别的朋友来拜访，老总热情地拿出大贵送的好酒，要与朋友好好对饮几杯。可一喝进口中，就齐刷刷地吐出来，嘴里是又苦又咸，连忙端水漱口。好心情丧失殆尽，老总可伤心透顶："大贵啊，我对你儿子够好了，升他做副总，选他当女婿。而你却如此侮辱我，我要你得到惨痛的代价。"

小贵接到老总的电话，喜气洋洋地走进办公室时，老总阴沉着脸："小贵，鉴于你的能力和表现，你的任职未获董事会通过，从明天起，你就不用来上班了。"一席话，犹如晴天霹雳，把小贵震得呆若木鸡，而这时，女友又打来电话，冷冷地提出分手。小贵再三询问原因，女友才说："去问问你老爸送的好礼物吧。"

小贵回到家，连忙召开家庭紧急会议，研究礼物获罪的原因。大贵说："茶叶送的是上好茶，鸡蛋送的是土鸡蛋，这猪脚、腊肉更不用说，是好东西了。"大贵思来想去，依然理不出头绪。正在这时，小贵妈一拍大腿说："是不是给老总送的酒出了问题。"这一提醒，大伙儿马上开柜清点。除了女婿送的"五粮液"少了一瓶之外，其余的都在，可见另一瓶送给老总的酒出了大问题。可是那瓶酒是谁送的呢？小贵妈想了好一会儿，终于记起是老仿送来的。大贵一听说是老仿送来的，捶头顿足地说："我这可是造孽啊！本想惩治别人，没想到却惩治到了自己。"大伙儿都听糊涂了。于是大贵把给老仿送礼的前因后果说了出来。大家先是安慰了大贵一番，最后决定一起去找老仿，让他帮忙给老总解释。

老仿已听说小贵被辞退的事，心里就猜到了几分原因，如今见大贵又找上门来，只得硬着头皮打招呼。大贵首先诚恳地向老仿道歉说："老仿啊，我不该捉弄你，给你送白开水，不过我的本意是要让你少喝酒，多干正事。"老仿心里本就不安，知道大贵所做的一切是一番让自己戒酒的良苦用心，再联想到大贵一家人平时对自己家的关照和帮助，更是惭愧，于是老仿保证说："大贵哥，酒我一定戒，这误会也一定帮你消除。"一听这话，大家心里算稍稍平静了一些。

第二日一大早，小贵就带着大贵和老仿进了城，来到老总家，老总先是冷若冰霜，可听大贵和老仿你一言、我一语地叙述事情的原委，不由得转怒为喜，哈哈大笑。最后，老总表扬了大贵的好心肠，又指出他劝诫别人的方法欠妥。批评老仿好酒贪杯，应立即改正。事情获得了圆满解决，小贵依旧升了职，和女朋友和好如初。老仿也趁机饮了一顿真正的"五粮液"，高兴了很久。

大贵送礼的故事在村里也传扬开来，许多酒鬼听了以后很是惭愧，特别是老仿，经历了这番震动，下决心戒了酒，一心一意搞生产，家境越来越好了。

云流为谁停

羌寨随笔

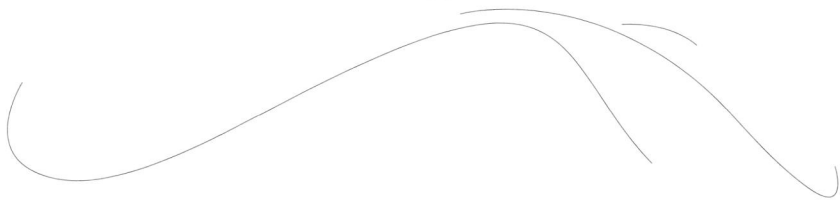

云流为谁停

一

　　也许久居大山深处的缘故，出门见山，推窗见水，北川的山水已然
是陪伴我多年或者是我多年陪伴的朋友。因为是朋友，有亲切，更有亲
密。所以，无论是天上的白云，地上的草木，还是水里的鱼虾，我对它
们都有说不出的熟悉。

　　但对于深藏北川西北的小寨山水，第一次接触我就惊讶于它的神秘
与陌生。这源于它多姿多彩的生态景观，绮丽迷人的曲溪梯瀑，奇趣怪
异的森林植物，野趣盎然的鸟鸣猴跃，雄峻奇特的峰石景观，变化万千
的气象景观。由于工作的缘故，几年来，每个季节我都会陪同那些远行
而来的客人穿行在正河、西窝、凌冰沟的羌寨、溪流和森林之中。每走
近小寨沟一步，神秘就越多一层，感受就会愈多一分。

　　若在春天，沟壑四周绿树嫣然，野花竞放，知名或者不知名的小鸟
盘旋歌唱，郁结了再多的忧愁，在这般景致里，都会烟消云散，了于无
形。夏天的小寨更像一位冰清玉洁的处子，洁净透明的蓝天是她美丽的
脸庞，弯曲流淌的小溪是她明亮的双眸，绿色的树木是她披着的薄纱，
她呼出的气息除了清新就是凉爽。秋天总是留给成熟与收获的，小寨子

沟更不例外，漫山遍野的红叶飞舞，层林尽染，星星点点的地块里金黄的苞谷胀满了颗粒。冬天的小寨子沟成为冰雪留恋的世界，整个山寨都被厚厚的积雪覆盖，岩石下、树枝上，冰凌、冰柱形态各具，仿佛在单一的色彩世界里也要争奇斗艳一番。

景色只是小寨子沟神秘美丽的一部分，它的神秘还在于这广袤的森林里长期居住着一些尊贵的"居民"，大熊猫、金丝猴、扭角羚等珍稀野生动物在四万多公顷的领地里徜徉，珙桐、红豆、连香树、樟木、楠木珍贵树种在山岭沟壑中生长，它因此在 1979 年就成为省级自然保护区。由于作为保护对象的生物资源极其丰富，我记得几年前几位世界环境保护的专家在小寨子沟自然保护区游历一番之后，给小寨子沟自然保护区两个极高的评价：世界罕见的物种基因库，是全球同纬度地区保存最完好的一个森林和野生动物保护区。

有位专家感慨地说，这如世外桃源的地方，我可以在这里待上一辈子。我看见他说这句话时，眼里充满了渴望，还有真诚，的确是发自肺腑的。我对他所说的"待上"下了这样一个定义：无非是在这风景如画、空气清新、气候适宜的林边或者说林间领略景致、修身养性一番，若是要做保护这美丽景色和林间尊贵"居民"的事情，我相信这一辈子他是无论如何也"待不下去的"。因为一位在保护区工作的朋友说过这样一句话："欣赏一时的美景谁都可以，多年守候同样的美景太难。"

二

我敢这样肯定地说，那是有依据和道理的。几年来，带领专家考察，陪同开发商调研，引导客人游览，除小寨子沟的美景了然于胸之外，那些在保护区工作的年轻人也与我成了朋友。很多次，都是他们带领我们深入凌冰沟腹地，进入遮天蔽日的原始森林，爬过齐膝盖深的积雪，到达能看见日出的插旗山顶峰。我经常开玩笑说，大家都是站在你们的肩膀上才能看见小寨子沟的美景。

记得前年春天，我陪同北京的两位记者朋友到小寨子沟采风，陪同我们进山的是保护站叫小雷的年轻人。小伙子诚实而敬业，一路上忙前忙后地为我们搭桥、探路、背东西，十分机灵。每当我们休息闲聊时，他就一个人远远地坐着，望着天空发呆，天空中，洁白的云朵在荡荡悠悠地飘着，休闲而自在。

我问他，在想什么心事吗？他腼腆地摇摇头，又抬头看着蓝天，一动不动。

同行的北京朋友说，看来这小伙子患了相思病。大家都笑起来。小雷的脸色一下子变得更忧郁了，既没有点头赞同，也没有摇头否定，看来是默认了事实。

第二天中午休息时，在树荫下我和小雷攀谈起来。得知我曾经在他的故乡当过八年教师，并且他的妹妹曾经是我的学生后，小雷顿时来了精神，热情了许多，也打开了尘封多时的话匣子。

小雷十八岁之前一直在我曾经工作过的坝底小镇生活，在街上开了一个饮食店，虽然生意平平淡淡，维持生活倒也不成问题。那年冬天，林业局要招一批小寨子沟自然保护区的工作人员，小雷得知消息后，马上决定报名，家里人都很支持小雷。因为小雷自诩为"动物保护主义者"，从小就喜爱小动物，看到受伤的小猫小狗，他心里都很难过。他曾经为了从比自己高两个年级的同学手里抢出被虐待的小鸟，被别人打得鼻青脸肿。

小雷如愿以偿地成为小寨子沟保护站的工作人员。三年来，他和队友们一起，在这四万多公顷的保护区里，做着巡山、动植物保护检测等工作，一年里有多半时间在深山峡谷中跋涉穿行。

小雷非常热爱这份来之不易的工作，虽然艰苦却充满了乐趣。在保护区里，他曾经亲眼看见憨态可掬的大熊猫在溪边饮水，看见金丝猴在丛林中嬉闹，看见扭角羚在草甸上奔跑，美丽的杜鹃林、高大的野杉、绚丽的春花，都成为小雷和同事的好朋友。

当然，小雷也没有忘记那些艰难的旅程。他曾经掉下十几米高的山岩，幸亏被岩边的树枝挡住，否则后果不堪设想。他和同事在森林中迷路，三天三夜之后才走出困境。还有一次，在风雪中，火柴被打湿，几个人饿了两天才完成了巡山任务……

见小雷这样乐观，我也不禁深为感动，但还是忍不住要提出疑问，为什么这几日总是闷闷不乐呢？

小雷羞涩地低头说，她……她要跟我分手。原来，半年前经人介绍，小雷和一个叫小静的姑娘谈起了恋爱。小静第一次来到保护站，见到这天高云淡、野静风轻的景致，兴奋得差点跳起来。一周过去了，小静的新鲜感也过去了许多。这僻远的地方，没有网络，不通手机，电视也只有那么几个频道，小静在百无聊赖中回了老家，虽然后来也断断续续来看望过小雷，也总是在抱怨声中离开。

几天前，小静托人给小雷带了封信，内容简明扼要，中心突出，提出两条路让小雷走："光明大道"是辞去工作，和自己勇闯天涯，去干一番大事业；如果小雷执意在这个最终被小静命名为"深山峡谷"的地方坐以待毙，就只有走分手的"死胡同"了。

小雷喜欢这"深山峡谷"里的工作，也喜欢要奔向"光明大道"的小静，因此，左右徘徊，难以取舍。小雷问我，老师，你说我该怎么办？

我也为这个难题感到棘手，沉思许久之后，我只能含糊地说出了答案，你最好还是选择能给你快乐的那条路吧！

小雷想了许久，握着我的手说，谢谢你帮我解决了难题。说完小雷又看着湛蓝的高空，此时，一抹云流正从天际飘来，自由而快乐。小雷终于开心地笑了。

　　三天后，我们结束了采风准备回城，临行时小雷说，有什么事情我会给你打电话的。我欣慰地点点头。

三

　　由于事情繁忙，加之通信不畅，后来几次上山又是别的朋友带路，我也就不好问起小雷的情况，不知道他究竟走的是哪条路，也不知道还能不能再遇见他。

　　今年六月，与绵阳的朋友到保护站做客，居然又见到了小雷。小伙子成熟健壮了不少，一阵亲热的交谈之后，小雷告诉我，他已经结婚了，妻子是本地人，在距离保护站不远的一个羌寨农家乐摆了个卖纪念品的小摊，生意还不错。

　　我打趣道，看来你还是要走这条"死胡同"啊！

　　小雷捋了捋额旁的头发，习惯性地看看天空，快乐地笑着。

　　高空中，洁白的云朵依旧飘荡着，阳光照耀下，小寨子沟的山水和守望着它的人们，犹如一幅油画，定格在六月的盛夏，以及我记忆的最深处。

2007 年 6 月 28 日　瀚墨居

村西古槐

村里凡是上了一点年纪的人，对村西头那棵古槐都是顶礼膜拜、深怀敬畏之情的。不管清晨日暮还是晴天下雨，只要从这棵古槐下经过，都要在心里甚至于口中念诵一番，希望古槐能够保护一家老小健康平安，保佑家族兴旺发达。古槐已经成了几百年来这个村里最有威信的长者，默默地注视和关爱着村庄的发展。

据村里的老人讲，这棵槐树已经有上千年的历史了。树干要三个人手拉手才能合围，虽然不知在多少年以前树干就已经中空，但是只要春天到来，那些历经了沧桑的枝丫，就你争我赶地开始发芽、长叶，显示出蓬勃的生机，像一把绿色的大伞，遮住夏日毒辣的阳光，为那些来来往往的行者提供一片绿荫。特别是槐花开放的时候，满树的槐花芳香四溢，漫天的蜜蜂飞来飞去，嘤嘤嗯嗯地叫个不停，成为这个季节小村一道独特的景致。其余所有花的美丽，在这清香淡雅的槐花面前，都显得很是普通。

记得小时候，一伙玩伴总要跑到这棵槐树下来嬉闹一番，每个孩子临出门的时候，父母都免不了要叮咛两句："娃儿些，千万不要跑到那树洞里去，更不要在树下屙屎撒尿。"于是，再野性的玩伴在这树下都收敛了几分。

关于这棵槐树，几百年来流传的相关传说不胜枚举，有说这是董永和七仙女相会的地方，有说是二郎神当年路过时栽下的，这些当然是为美化槐树的一些美好杜撰。不过，自从几百年前这棵树下住了第一户人家后，就有人被这深山里幽静的环境所吸引，络绎不绝地搬迁而来，围绕槐树逐渐成为一个大的村落。据说才开始，大家只觉得这棵树无非就是高大、古老一点而已，没有人对它尊敬有加。有人见槐树的枝丫健壮笔直，就找来工匠把它锯下来做家具，谁知道家具做好才两天，主人就暴病身亡。有人说是砍槐树遭受的报应，从此再也没有人敢打槐树的主意。有迷信的人把这棵树奉为神树，在树下设了供台，烧香叩拜。到后来，哪家有了什么难事，出了大事，都来树下烧香许愿，祈求得到平安。再到后来，没有人敢到那干枯、幽深的树洞里去了。

爷爷对这些传说深信不疑，因为这棵神树，曾经救过一位红军战士的生命。1935年，爷爷还是一个刚十六岁的少年，红四方面军长征经过北川时，家里也住进一队红军的宣传队员。这些穿灰军装、戴红领章的年轻人，每天都爬到那些陡峭平整的石壁上书写、錾刻标语，虽然劳苦不已，但是他们整天都斗志昂扬，进进出出嘴里都哼唱着歌曲。劳累了一天回到驻地，这些年轻人就帮群众干家务，而且对人特别客气。爷爷简直对这些红军佩服得五体投地，常常主动带路去找錾刻的好石壁，一来二去，便和这些红军熟识了。有一个叫刘玉胜的红军，比爷爷大不了两岁，两个人性格相投，不久就成了好朋友，早晚都在一起。刘玉胜告诉爷爷，自己是巴中人，父亲被地主迫害致死，母亲也抑郁而死，后来家乡成了根据地，就加入了红军。他还告诉爷爷红军的性质，长征的目的。爷爷兴奋不已，约好红军离开北川时，也加入红军北上。

　　不幸在一次錾刻标语时，刘玉胜因捆绑身体的绳索断裂，从高空跌落，双腿骨折，只得在爷爷家里养伤。爷爷的母亲把家里仅有的一只鸡炖了给刘玉胜补养身体。半个月过去了，红军在千佛山战役取得了胜利，打开了北上的通道，必须挺进茂县。刘玉胜的伤还没有好，而部队开进的速度很快，决定让刘玉胜养好伤后再与爷爷一道追赶大部队。谁知道红军刚走，"还乡团"就开始大肆屠杀流落红军和革命群众，爷爷与祖爷见势不好，趁天黑把刘玉胜藏到槐树下的枯洞里。第二天，"还乡团"就气势汹汹地上门来了，把爷爷吊在树上，要他交出红军伤员来。同村人都为爷爷开脱，说爷爷年少，帮红军办事是被逼的，而红军伤员已经走了，但还是免不了受一顿皮肉之苦，最后还是通过村里最德高望重的长者，才解除了性命之忧。

　　为了搜查红军伤员，"还乡团"把村子抄了个底朝天，却一无所获。经过槐树下时，有人提议看看树洞里有没有红军，但谁都怕得罪神树，便押着爷爷前去查看。爷爷还没有走到树洞前，突然倒在地上，手脚抽搐，两眼翻白，曾祖母顿时哭声震天，村民以为得罪了神树，都伏在地上磕头叩拜。"还乡团"也都惧怕神树怪罪，气哼哼地走了。神汉来家跳弄了一番，要曾祖母每日晚间去槐树下敬奉食物纸钱，三个月后才有好转。于是，每天晚上曾祖母都烧着纸钱，在槐树下祈祷哭泣，爷爷后来逐渐好了起来，在山村里过起了日出而作、日落而归的平凡生活。

　　80年代末，村里突然来了一大群人，为首的是一位老红军，见到爷爷后，握住双手，眼泪就刷刷地往下流。村里人这才知道，这位受伤的红军刘玉胜，已经是安徽某军区的政委了，几十年来时刻不忘爷爷当日的救命之恩，在退休后，多方询问，特地前来感谢。两个人颤巍巍地来到槐树下，老红军恭敬地为槐树上了一炷香。原来，当年爷爷在槐树前故意装病倒下，那个神汉是个地下党员，他叫曾祖母每晚去叩拜，其实是为刘玉胜送饭，在半个月后的一个深夜，爷爷与祖爷抄小路护送刘玉胜，在茂县赶上了红军尾队。

于是，这棵上千年的神树，因为有了这段历史，被称为"革命树"。县上把它确定为重点保护文物，为方便更多慕名前来的游客观赏，从陡峭的岩壁上修筑了一条公路。村里人说，这的确是棵神树啊，我们挨着它，都享受多少的尊敬。

小寨秋行

　　那是深秋，虽说已是深秋，可这北川的山里，绿树依然郁郁葱葱。几位远在绵阳的朋友已觉绵州秋意盎然，相约要来小寨沟踏秋，要我做向导，我当然欣然应允。

　　车从县城缓缓启动。从车窗往外望去，湔江河水如同一段被绿色浸染的绸缎，在大山脚下轻柔地飘动。山间平地里，羌人栽种的小麦已把绿色奉献出来，一大片一大片在阳光下熠熠生辉。山地所依偎的陡峭峰岩上，小树、藤蔓依旧竞相伸出手掌，努力地向上攀爬、成长。一切都透露出这山里所特有的秋的景象，只有峰顶一片皑皑白雪，在秋日暖阳的照耀下，反衬着泛金的光芒，宁静而遥远。还有蓝天之上，两只矫健的苍鹰正在滑翔盘旋，守护着这羌乡古老的神山圣水。

　　朋友们都停住了交谈，被窗外略显苍茫辽远的景致所吸引。而这些景色，是久居都市、看惯了钢筋水泥的大楼、迷离五彩的霓虹灯、车水马龙的立交桥的人们倍感新鲜和惊奇的。他们在为工作、为事业、为人生许多灿烂的目标奋斗的间歇，来领略这里的风景，洗刷沉积已久的劳累与疲惫。而我则不同，这里的山川树木，蓝天白云，是我亲切无言的朋友，它们了解我的心境，我的寂寞，以及有些故作的孤独。我们之间淡如水的君子之交，散发出如同这幽谷里清雅兰花的芳香。

车继续向前疾驰，窗外的农舍、竹林，河上的索桥，飞翔的小鸟，被一一抛在后面，而气温却突然下降。略带冷峻的寒气从车窗缝隙处挤进来，想给远方的客人一丝独特而难忘的记忆。

经过近两个小时的颠簸，终于到达了踏秋的目的地、远离都市而与自然无比亲近的羌寨——五龙寨。寨主以羌人特有的礼仪欢迎我们。先是火枪齐鸣，再是羌族剽悍的小伙儿捧上醇香的咂酒。拾阶而上，走进寨中，四周的木屋古色古香，吊脚楼下，几位羌族姑娘穿着鲜艳的民族服饰，坐在阳光下做针线，自然而和谐。面对这一切，朋友们细细地观赏，轻轻地交谈，倒让寨主拘束地站立在一旁。待到中午时，朋友们又尝到了浓香的咂酒，吃到了喷香的腊肉，水煮的土豆，天然去雕琢的荞面饼。朋友们算是真正领略到了另一个民族饮食文化的精髓，简直是赞不绝口。

午后羌寨吊脚楼下的青片河水，清澈而平静地流淌着，那么幽雅恬静。河边星星点点地开放着野花，香气在空气中弥漫，直沁心脾。而对岸陡峭的山坡上，几个健壮的羌族小伙子正举锄耕种，还高亢地唱着山歌。人与自然就这样和谐而亲密地共处着。朋友们或端坐，或仰卧，忘却生活中的烦恼与忧愁，倾诉着久未相见的思念，铭记犹如这流水般纯洁的友谊，在留恋秋天的同时，把生命中美好的记忆再一次晾晒和咀嚼。

当暮阳洒下最后几丝余晖时，我们才恋恋不舍地踏上归程。短暂的相聚之后，又将是长久的别离，朋友们又将返回繁忙的都市，开始充满激情的工作。我还将留在这里，在这世外桃源般的大山里，继续我没有完成的理想。但愿一次秋行，能让记忆充满绿色，在每个季节生长。

2004 年初冬

小镇夜巡

　　我所在的小镇精致婉约，街道平整而又错落有致，铺面小巧而洁净无比。每到夜里十点，就灯灭人寝，整个小镇静如深潭止水，除了偶尔的鸡鸣狗吠。小镇民风淳朴，和善有加，鲜有鸡鸣狗盗之徒，据考证，小镇最近一次失窃是在二十二年前的寒冬。

　　今年开春，小镇开始了夜间巡逻，据说是考察学习了某镇的先进经验，镇上十几个单位有幸轮流值班勤。我所在的单位恰好排在当晚巡逻，头儿开会回来特高兴，说"6"的日子吉祥，一番安排动员，将最光荣而重大的任务交给了我们四个年轻人。我们摩拳擦掌，心情激动而紧张。天刚黑，大伙儿就集结在我的屋里，一番商议，确定了"团结一致、确保平安"的指导思想，还就巡逻路线、巡逻装束、巡逻武器达成了一致意见，只等巡逻时间的到来……

　　夜安静而祥和，我们四人迈着整齐的步伐轻轻地走在街上，四只手电警惕地向四周扫视。小张手持木棒，小王肩扛铁锹，小杨兜揣铅球。我体单力薄，没有实战武器，不过早有准备，带上了儿子装上塑料子弹的玩具手枪。虽如此，八只皮鞋踏出的声响在寂静夜里显得格外响亮。于是，沉睡的鸡吓醒了，打盹的狗清醒了，黑夜里，许多窗户的灯亮了。有人睡眼蒙眬地推窗眺望，有人警觉地大声咳嗽，我们把头仰得高高的，别提有多自豪。

四人顺着不长的街道上上下下巡视了两次，连一个可疑人员都没有发现，不免有些泄气。却见前面一个起先无灯的小店灯火通明，以为有盗贼，悄悄地摸上去，见店主满脸堆笑，正忙着生火烧炭，招呼我们吃烧烤。大伙儿也觉腹中饥饿，便围桌而啖。天南海北，神吹瞎侃，兴致颇高。店主见生意如此，更是窃笑不已。虽杯盏斟酌，心中却未忘职责重大，每隔一更，就要再次巡逻，不见异常，方回店畅饮，等到天色微明，四人方凯旋。第二日，街道居民议论纷纷，有惊醒者的抱怨声，富裕者的赞扬声……不绝于耳。夜间巡逻这一新鲜事物，广为人知了。

夜间巡逻继续进行，质量却陡然下降。许多巡逻者不再尽职尽责，早早地端坐店中饮酒作乐，高兴处放声大笑，让人毛骨悚然。更有甚者，摆出方城大战，麻声震天。终于，在居民们讥笑声、谴责声、抗议声中，巡夜活动无疾而终。小镇又恢复了以往的平静祥和。

母亲的村庄

本说好这个元宵节回乡下看望母亲，母亲爱吃的水果已买好，妻子给母亲买的衣物也装好，却因要到外地出差，原来的计划只得取消，心里甚是失落。去外地的路途又必经过家乡的小镇，坐在车上，透过车窗，远远地可以看见坐落在山腰的老屋。母亲此时正在地里劳作，明天，她就要望眼欲穿地站在屋前的老树下，等待她的儿子、孙子归家，可是最后得到的是失望，甚至是担忧和牵挂。明夜，她又将独自伴着寂寞送走孤单的夜晚。想到这里，泪水不由夺眶而出。

就像天下所有母亲一样，母亲把一生的心血都倾注在儿女的身上。二十七年前，母亲生下哥哥和我这对孪生兄弟时，父亲远在几百里外的地方教书，直到我们五岁时才调回故乡。她既要照顾嗷嗷待哺的幼儿，还要每日参加集体劳动。而我从小就身体羸弱，动不动高烧、肺炎、休克。母亲常常半夜三更抱着我去诊治，家里到乡卫生所的路崎岖难行，一来一去，便是满头大汗。到了现在，只要我身体稍有不适，母亲会立刻露出担忧的神情。

后来，我们该上学了，母亲欣喜不已。她经常对我们说："只要你们成绩好，就是砸锅卖铁，也要供你们读书。"我们也算懂事，在学习上你追我赶，相互激励，每次考试，两兄弟交替占据一、二名的位置。随着年级的增长，学费越来越贵，为了给我们攒学费，母亲喂了许多猪，早晨天不亮就要起来煮猪食。她还种了许多蔬菜，一有空闲就去侍弄，每到逢场便早早去卖。为节约钱，母亲从不在街上吃饭，二十里的公路，来去都步行。每当我们劝她保重身体时，母亲总是说："只要你们能有出息，我就是苦点累点，心里也高兴。"后来，哥哥考上了医科大学，我也从师范大学顺利毕业，这也算是对母亲期望的报答。只是每年寒暑假回家，看见母亲日渐苍老，心酸不已。

现在情况好了，哥哥自己成立了公司，效益挺好；我则教书、写作，收入也不错。为了让母亲安度晚年，不再劳累，哥哥把母亲接到了城里。可是母亲不习惯城里的生活，不习惯整日悠闲无事，更舍不得相守了几十年的村庄、土地，推却了哥哥的苦苦挽留，又回到了乡下。恰巧，我有了孩子，便请她帮我带小孩。母亲却说自己知识少，把这份美差送给了刚退休在家的父亲，仍独自守着老家空荡荡的房屋……

母亲给予儿女生命与爱，村庄又给予母亲牵挂和慰藉。而我呢？只能在这寂夜，用文字串起无尽的思念，献给独守村庄的母亲。

父亲与手机的故事

　　父亲退休以后，和母亲都不愿意到儿女们家里来安享晚年。两位老人执意待在乡下的理由简单明了，舍不得乡下的土地，喜欢山村新鲜的空气和安静的环境。盛情被拒，大家只得作罢。但是儿女们事情又多，无法每周回家看望他们，恰好镇上也建了移动电话基站，商议之后，决定买一部手机送给父母，方便与我们联系。当哥哥和我把这个想法说出来后，父亲断然拒绝说："何必浪费钱呢，有什么事情我会到镇上给你们打电话的。"我说："从家里到镇上来去要四十分钟，坡又陡，摔着了可就麻烦了。""这点路途算什么，当年我在小坝教书，回家要步行两百多里呢。"父亲开始讲起他光辉的历史来。大家拗不过他，只得投降。

　　不久，我的孩子出生了，父母商议之后，先是派母亲前来照顾，父亲一个人守在家里，有时想孙子了，就趁赶集的机会给母亲和我通电话，叮咛嘱咐。儿子半岁后，母亲觉得家里的活计太重了，父亲很少干农活，怕照顾不好家里的庄稼，便把照顾孙子的光荣任务交给了父亲。父亲只得接受任务，时间一久，就常叨念起在乡下的母亲来，如果母亲十天半月没有电话来，父亲就会在我耳边叨说："不知道你母亲这段时间在做什么，也不知道家里忙不忙。"我一边取笑父亲身在曹营心在汉，一边不住地慨叹说："要是母亲有手机，联系起来也就方便多了。"父亲便沉默不语，一副心事重重的样子。

那是七月的一天，小雨淅沥地下个不停，母亲见没有办法下地干活，决定到镇上来给我们通个电话，还背了满背篼的蔬菜瓜果，想托人带到学校来。从家里到镇上是一段笔直而陡峭的山路，一旦下雨就泥泞溜滑不已。母亲上了年纪，加之心情急迫，一不小心在半坡上摔倒了，蔬菜瓜果从山坡上骨碌骨碌地滚下山谷，这倒没有什么，可母亲却在重重的一跤中摔伤了腰，住进了医院。父亲在悉心照顾和安慰母亲的同时，满怀歉意地对我和哥哥说："还是怪我，要是有部手机，你母亲也不会摔伤。"于是大家又转而安慰起父亲来。

母亲病好以后，哥哥和我专程带父亲到绵阳，在一番斟酌比较和争让下，哥哥出钱为父亲买了一部豪华大气的手机。现在，我们一旦想起父母，或者乡下的父母一旦思念起久没回家的孙儿孙女来，都会通过温情的电波，把问候送到彼此的心里。

寂寞的、凋零的鲜花

八年前，我从师范毕业，分配到离家百里之外一个小镇最偏远的村小。当我带着行李到达学校时，附近的大人小孩都怀着好奇的心情前来迎接。在人群之外的教室旁，一个穿着朴素的小女孩特别引人注目，她不像其他人那样来围观，而是蹲在一个装满柴火的背篼边，专注地看着膝上的书本。

第二天报名时，这个瘦小的小女孩也来了，她把假期作业交了上来，作业本的扉页上工整地写着"刘梅"两个字。我仔细地翻阅了一番，作业完成得很认真，字迹娟秀漂亮。当我询问交费事宜时，她低着头，小声地说："老师，我的学费还没有凑够，能不能等几天交来。"说完抬头紧张地看了我一眼，又低下头，等到我答应了，才稍稍松开紧锁的眉头，露出一丝纯真的笑容。

刘梅每天上学来得很早，学习也非常刻苦，作业特别仔细，在五年级所有学生中，她的成绩是最优秀的，特别作文是强项。记得有一次，她在《愿望》的作文中写道："虽然命运给了我贫穷，但是，也给了我挣脱贫困的坚强……"让人感到一种成人才具有的勇气和力量。但是，平时的她总是有着一丝与她年龄极不相称的忧郁，我也试图让其他孩子多接近她，都被她小心翼翼地躲开了。我向其他孩子打探刘梅的情况，零零碎碎的也不甚明了。

为了解她的家庭，在第三个周末，我找了班上一个孩子做向导，沿着崎岖陡峭的山路，走了将近一个小时，才来到刘梅的家里。眼前的一切让我震惊不已，两间破烂的瓦房，空旷的屋里只有一张桌子、一张床，而床上还躺着刘梅气息奄奄的奶奶。见我到来，老人硬撑起来和我摆谈。从老人口中我知道了刘梅凄惨的身世。原来，刘梅的父亲前些年外出打工受重伤，不治身亡，刘梅的妈妈再嫁他乡，带走了刘梅的弟弟。本来想带走刘梅，但刘梅舍不得病中的奶奶，方未成行。刘梅小小年纪，既要读书，还要照顾奶奶，由于没有收入，婆孙俩的生活甚是清苦。虽然学校每期都有减免，但刘梅为了交剩下的学费，每天回家后还要到山里挖药材卖。听了这些，我心里酸酸的不是滋味。

我终于知道了刘梅整日郁郁寡欢的原因，我告诉奶奶，刘梅的情况会向上级反映，她的学费本期就不用再交了，由学校想办法解决。刘梅听我这样说，脸上终于露出了久违的笑容。

自从家访以后，刘梅的学习更加努力了，她在作文中说，一定要好好学习，将来报答好心人的恩情。她的性格也悄悄地发生变化，渐渐地可以和其他孩子在一起做游戏了。趁放假回家，我把妹妹的一些衣服拿来送给她，她高兴地接受了老师的馈赠。

转眼就是六年级了，可是开学报名时，刘梅却没有来，从其他学生口中才知道，假期里刘梅的奶奶去世了，她妈妈处理完后事，将她接走了，她在学校的操场上哭了一天，最终没有等到和老师告别。我心里涌起阵阵伤感，既为刘梅的命运，也为自己失去了一个好学生。

时光就这样无声无息地流淌，可是在半年后，再次听到刘梅的消息却是噩耗。原来刘梅到继父家后，继父不再让她上学，刘梅却执意要上学，为了给自己找学费，在一个阴雨连绵的黄昏，因挖药材而失足摔下悬崖，失去了鲜花般的生命。

在以后的岁月里，我脑海中常常闪现这个小女孩的身影，回响着她的声音。我知道，这个小女孩为了改变自己的命运，做过多么奋力地挣扎；为了实现自己的理想，做过多少美好的梦。然而，贫穷折断了她欲飞的翅膀，就像一只无助的小鸟，在风雨中跌落了；像一朵鲜花，在风雨中凋谢了。而她所做的一切，给了我心灵强烈的震撼。

几年后，我离开了那所村小，我常常把这个故事讲给镇上那些衣食无忧、学习懈怠的孩子，但愿他们能从中得到一些感动和启发，也可以告慰那像鲜花一般过早凋零的小女孩。

风筝的故事

又到了春暖花开、和风轻拂的季节。从上周开始，每到班队活动的时候，其他班级的老师就带着学生来到校园外的河滩上放风筝。缤纷五彩的风筝在天空中飞舞，孩子们在地上奔跑欢笑，快乐的喊叫冲击着教室里孩子们的心，端坐于座位上的孩子开始放飞羡慕的眼神。

因为是毕业班，学习任务重，升学的压力大。可是看见他们那渴求春天的眼神，我也想让他们从繁重的学业中解脱出来，轻松片刻。于是在这节班会上郑重宣布，下周的班会带他们去河滩放风筝，风筝自购，也可以自己做（可是孩子们知道，去年春天劳动课时同学们做的风筝没有一个能飞上天的）。一听此话，孩子们不禁欢呼雀跃，兴奋异常。但我还是在众多灿烂的笑容中，发现了一张沉默甚至于有些忧郁的小脸，那就是刘强。

刘强是班上家庭经济最困难的学生，父亲早亡，母亲患有严重的精神分裂症，就靠刚刚成年的姐姐在外打工来维持家中的生计。他几次因无钱交纳学费而面临辍学的危险，好在学校减免了他的杂费，加之得到"希望之光"的援助，才得以继续读书。虽家庭不幸，可刘强却坚强地面对生活，除了照顾好生病的母亲，学习非常刻苦努力，成绩优异。这也让老师及热心捐助的人欣慰不少。

我知道刘强无法高兴的原因，他每天都从家里自带饭菜，几周下来也攒不下五角零用钱，何况买风筝至少要花三元钱，对他而言，三元钱无异于天文数字。下课后，我留下刘强，对他说："刘强，下周放风筝和老师合作，可以吗？"刘强眨了眨亮晶晶的眼睛，清脆地说："老师，我自己能行。"

第二天晚自习前，班上的几位班委来告诉我，刘强放学后在垃圾堆里捡塑料瓶，把脸抹得黑黑的。我先是一愣，但马上明白了原因，对他们意味深长地笑笑。孩子们先是一愣，接着也意味深长地笑笑，风一般跑出了办公室。

第三天，班上许多孩子换掉了平常带水的保温水壶，改带塑料瓶装水。我也暂时不用水杯，而改喝矿泉水了。别班的老师见此情景，甚是惊奇，议论说，怎么？六二班的教师和学生提前进入夏天了？我未置可否地笑笑。这股神秘劲倒让人更是迷雾满脑。

转眼又是一个周三，班会课时，我带孩子们来到河滩上，在欢呼与呐喊声中，刘强也放飞他买的风筝。风筝在天空快乐而自由地飞翔，他的脸上荡漾着快乐而幸福的笑容。

看着这飞舞的风筝，享受着这春日温暖的阳光，我在想，虽然命运与生活是无法选择的，但是，我们能用自己的爱战胜一切苦难。

蓝鹰草
诗歌集萃

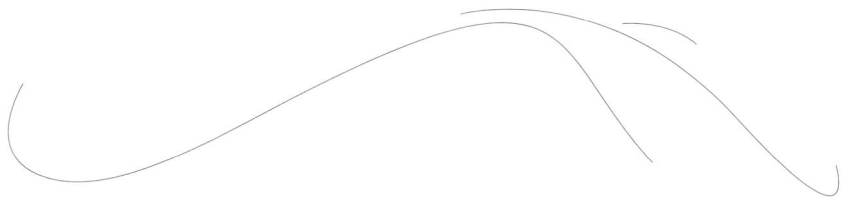

禹　祭

徒步历史的边缘

倾听祖先的血液

苍山茫岭中　潮涌般

蓬勃而过

亘古吟唱的羌歌

洞穿世纪

彩云化作石纽

跌落西域　俯身

刳儿坪的石椅上

禹母分娩的阵痛　战栗而响

女神俄斯巴西乘风远去

只剩剖背的石块

躺在远古的烟尘里

流不尽逝世沧桑

洗儿池　满溢的池水
只因有望夫岩
滴淌
成串守望的泪
远去了羌笛声声
远去了锅庄阵阵
只为
肆洪虐水　黎民苍生，

繁衍　生命汩汩而起
繁衍　民族勃勃而生
我们是民族再生的精灵
跪倒在母亲河
为已逝千年的神禹
膜拜顶礼

回望村庄

期望蹒跚在

三月未解冻的土地上

苍白的天空无风也无雨

更无阳光

觅食的鸟雀　侧翅掠过

父亲一生的泪和汗

积攒成　一条已干涸的河

再用一袋又一袋的旱烟

点燃已嵌入眉头的叹息

羌笛　悲怆地述说

一个古老的传说

我思念的兄弟啊

牵着那头牛

开始走进

父辈走过千次万次的道路

唯有我

像一只孤独的大雁

把头埋在诗歌里

深深地哭泣

……

故乡是一口老井哟

每一次回望

在母亲忧愁的眼里

把泪水扯得好长好长

周末校园黄昏素描

一

行囊道别

作为陈旧贬值的经典

让心典当出去了

归途的方向已隐隐倾斜

不需要望见炊烟

不需要母亲从灶前端起

还有体温的热茶和菜香

二

据说　逆反疯狂诸多词语

无论城市与乡村　都

奉为前卫的国粹而行情看好

蒸蒸日上

母亲说

她已没有了泪

她只生下黄土地这个儿子

三

校园　那扇冷漠的铁门

常让来自夜里　雨里　雪里

伞顶的雨水锈满眼眶

四

星期五　黄昏

夕阳的火焰把欲望点燃

道路叫成对的燕子占领

它们的翅膀下贴满

听得见咸味的钞票

它们像野兔逃避苍鹰一般

逃进城市的霓虹灯里

逃进咖啡屋

逃进爵士乐伴奏的舞池

五

我守住未被荒芜的

最后一片土地

我孤独的灵魂

在这里不停地歌唱

向往正在到来的黑夜

精神家园已起造

所有的言语都被群星的笑声淹没

我就拖着笔

一个在原野上走来走去

       六

我正被许多人遗忘

而我的脚步

已蹚过无数条河流

拜　献

——为国庆四十六周年而作

阳光　从四十六年前

北方冬天的早晨开始歌唱

沉睡了百年又百年的雄狮

被母亲河　新妆的泪烫醒

而每一滴泪

漫过北国南疆的条条小河

中国　祛除了耻辱与奴役的

崭新名词

向上飞跃　便成了展翅的鲲鹏

滑翔于东方　那片养育了

五千年文明的博大精深的蓝空

岁月沧桑　弹指一挥

又换了人间

苦难　一部被铁蹄和刺刀

皮鞭与绳索书写的历史

在勇士的鲜血　奴隶的汗水中

铮然憔悴

顺设计师指向的路标

三千里路

每一步都靠近真理

以龙为图腾

它的脊梁

照耀民族辉煌的走向

如今

这九百六十万平方公里的沃野中

种植了许多歌声与号子

徜徉这片土地

身后旌旗猎猎

前方

必定光芒万丈

思念心绪

我相信时间会安排
一切别离和重逢的故事
我相信每一个有雨的午夜
我会被孤独淋得透湿
相信远离了城市和咖啡
在乡村的天空上
我会起造一座温柔的墙

无论
我走在你的身边
我站在你的面前
我会以一道挚纯的目光
在你的秋林中穿越
我相信一切的过往
都是美丽的错误
我相信
遥远的地方总有温暖

关于秋天的话题

　　　　一

寒冷从风的缝隙里窜出来

以我的肉体取暖

它用冰冷的笑

引诱我靠近冬天

　　　　二

我的脚步　正深入秋天的泥土

喉管里呼出的音符

正为我的民族做丰收的伴唱

沙朗与锅庄

迅速以秋天的月光把我拥抱

帷幕里

我可以安然入睡

三

秋天被所有多情的诗人
诠释成一道命题
每演习一遍　就有一次优美的
结果
这个季节注定久蕴的情感
把头伸向蓝天　做缠绵的鸟瞰
在歌声四起的原野
在绿亦绯红的林间
收集成熟的痕迹
找寻饱满的感觉
而我的脚步与眼神
已走不出秋天

四

宁静而高远的是我的影子
生长了稻谷与麦香的土地
让两声纯净如水的雁啼
探寻出路
他们去了南方茂密的椰林
而我的故乡
却紧靠太阳西落的方向

五

晶莹正从我的眼里缓缓生长

被秋天染成剔透饱熟的果实

故园的河水在这个时候

轻轻消退

它怕惊醒我沉睡的梦

六

从秋天的枯叶中穿过

我已是青春少年

鼓瑟而歌

——为赠蓉城孪生胞兄冯飞而作

缘分

一如轰响的洪钟

在桂月中秋的清晨撞击成带

剪不断一脉　浓于水的血液

奔流两颗心灵廊桥

浸泡相容　牵绊思念

开始盘根固节依偎缠绕

一生一世

童谣攀缘于青藤墙蔓

老屋古井

四只歪斜的足印

涂抹泛绿的童年底色

羌寨　我们生活的土炕

如一枚泥土

父母的羽翼下生根发芽

蓝空之上白云如潮

荆棘　父辈肋间的古藤

绊步踉跄　消瘦如水

火种在山外

熠熠生辉

哥　知道么

家园清溪醇流　峰峦剑云

纯朴的乡情托憧憬期望

扶你我

深山峡谷中趔趔穿越

俯身山外　拾蓬勃星火

距离在心灵的枕思中

浸湿在老梧桐树下的黛色的惆怅

母亲把期盼

种植成一颗夕阳

如一颗硕大的泪

在明晨东方慈祥凝望你我

分离

相聚的孪生兄弟　正如我们

千里长棚里我鼓瑟而歌

在歌声里　我思念如河
蓝色
冷冷生长于每一个静夜
在故园的梦乡流淌

灵魂的拷问

——致李白

不再仗剑回首

蜀道在青天之上

如美丽的月季　争妍斗艳

以诗歌为作料

颤长的胡须　在醇香的酒里

是否白日放歌好还乡

和衣高卧在船里　想用

搂抱过名山大川的手

持住水里的幻月

永远沉睡

唯你独醉

成为天子呼来也不上船的梦里

仙人

你吟哦的那些豪歌

经百年一世纪的岁月传送

总会在某个时候响起

让我们自己

拷问冰层般的灵魂

衣裙曼舞

一首诗　反成了肥环的别送之礼

长安街上酒家无眠

都倾目一个斗士

跳着浪漫的舞

摇晃而去

至今我的耳膜

仍被你的脚步声

踏痛

红　云

岁月不愿伤逝为歌

红云啊　你为过往

注遍每一个优美的韵脚

黄昏从暮色的梦里　跋涉而至

追逐落日　夸父

以屹立的姿势　轰然倒下

太阳车辙印沥沥如血

履织成你身着的彩锦　绚丽如花

热泪倾扬于每一寸西空

延绵如华夏民族衣带之河

润艳每页历史

在太阳的花园里劳作　红云哟

拾捡碧空白云柔风薄晔

热烈而澎湃的眼神

牵引我引颈东望
你说你不是明晨的匆匆过客

蓝空里　你做最后的臣民
为日落而歌　为日升而舞
为古原驱车的消瘦诗人
停泊惆怅　培育希望

夕阳跃过地平线　不回首
红云哟　是不是也如母亲
轻拍月夜繁星　吟一曲眠歌
悄然入梦　再在金鸡啼晓时
炊烟缭绕中
绚丽明亮清晨

秋天的旋律

老师

那年的冬天特别冷

凛冽的寒气凉遍身躯

炙热火焰烤红双手的时候

老师　我看见你灰黑的脸

灰烬飘落在锅里

蒙透冰冷的饭

老师

那年的春天花朵鲜艳

坐下的凳子吱吱作响

课桌倾斜欲倒

老师　你中山服又掉了一颗纽扣

缺腿的眼镜斜倒在粉笔灰里

褪色的黑板上

密密地写满文字

还有你虔诚闪亮的眼神

老师
那年的夏天
暴雨撕裂着世界
你便成为一座桥
老师
你那弯弓似的背脊
秋霜似的头发
是最辉煌的点缀
在这桥上

老师
那年秋天的阳光
在你发丝上弹唱辉煌的旋律
果园中的秋果闪着银辉
在一沓沓笑脸中
我看见你仍是那身衣着
只是眼眶中盈满泪水

挥　别

我举起的双手
似铅般沉重
强忍一潭泪水
装在心头……

凝视远方
——地平线上
你正消失的身影
只余我和怅惘
伫立风中

思念似
穿越时光的列车
我是起点的小站
一直驶向
远方
你停留的站口

烈　酒

太阳啊

失去了弯月又抛却了浮云

本就孤独的你

不更孤独么？你唯一的欢乐

就是飞洒烈焰

流火般倾泻

黄土地沧桑不老

托着父辈坚固的身躯

古铜的脊梁汗水晶莹

那不死的头颅高高昂起

我们会哭么

流下的只有汗水没有泪

我们在笑啊

你不过在空虚的心灵外

套上笨拙的外衣

我们肯低头么
垂下的只是沉甸甸的稻穗
不是高贵的头颅
秋风挟着凉雨
姗姗而至

父亲　先品一碗烈酒
再编织秋收的背筐吧！

母亲·大山

走进大山

站在屋前

看山顶

积雪正在融化

我回首望见母亲

那缕缕白发

昨夜　我又梦见

母亲挥动的镐锄

山冈那片瘠地

汗湿了母亲的白发

我想

园子里的那地萝卜

一定长得很大很大

昏黄灯下

母亲粗糙的大手

推着沉重的石磨

碾过大山的静寂

母亲也许

正望着吃食的母猪和猪崽

想着远方的儿子

走进大山

站在屋前

看山顶积雪正在融化

我回首望着母亲

那缕缕白发

无　题

就这样
伴着无言的感想
饮失败的苦涩
时光不再为我停留悲伤
甩开步子擦肩而过

"冬天过去了
春天还会远吗?"
我无言
为自己哭泣一番么
就只因那条蛇
缠住我的脚跟
昨日积雪和弯腰的小草
又和微风　我看见
谈论有关太阳的故事
而我又该谈些什么

......

那些可望不可即的彩色光环

总让我流尽了汗

再抛弃我于迷失里

就让我

做一匹阳关古道的瘦马

在一串苍凉的铃声中

走进泛黄的沙漠

三月诺言

阳光开始兑现

许给春天的诺言

青色的草叶

霎时　填满憧憬的渴望

呼吸在这样的季节

精神得　绕成满山的风

只有小鸟怕羞

从枝上一跃而起

清脆的响声

宛似乡村的雨滴

油菜花

如故园美丽的少女

引诱我思乡的泪

农人开始塑造

一种与俯身相关的姿势

希望与梦想

成为泪和

雕塑般的象征

断层的河

丢失了那把唯一的旧吉他
苍老的古槐斜拖我
孑然的身影
这桥头
流走了追逐过的我的梦想

一团圣火
于心灵的寂夜
闪动艳丽而动人的光芒
只剩北方山岭上起升的小鸟
翩翩起舞

我已举起灵性的诗歌
仰起高贵的头颅
以秋风饱满的姿态
从岁月的河流里缓缓站立

麦香穿透断层的空间
把我沉入一种对往事
对故园的氛围中
一颗冰冻了的泪
溢进我空洞的眼里

忘记意味着背叛
而背叛往往是一口
深深的陷阱
踏入一只笨拙的脚
就有沧桑慈祥的语言
把我升腾于另一个高度
断层的河
母亲常说
那是一首苦涩的歌

心　语

你说
你愿是大森林里
那只美丽的蓝精灵
你想走遍我踏过的途径
采一颗我带走的红豆

你说
你愿化作一朵
梦里的紫霞
在新月一弯的夜里
飘入我们时常仰望的
那片蓝空

你说
你愿是一滴秋雨
把我们刻骨的思念

洒进我遥望的眼里

你说
你愿是银河对岸的鹰
在贴近心灵的滑翔中
与我相逢

黑夜的灯盏

可以想象

独自从秋风中穿越

被金黄的枯叶

被橘色的夕阳

被两只一起飞翔的无名鸟雀

所铸炼出的

往事纷繁的沉淀

该怎样去感动孤独与脚痕

常起于黄昏的灯盏

浸泡我内心的苦涩

一杯珍茗所渗出的热泪

从时间的表面深入实质

能回忆的只是

黛色的黑发装缀下轻然的轻笑

以及让我能咀嚼
一个世纪的舞姿与背影

这样的夜晚
月亮已和云彩
达成某种默契
四周都是拨不开的层幔
罩住我引颈回望的方向

我忽然想起
那滴温柔的泪
该以怎样的方式从你窗前淌过
那盏灯
能否唤醒我停泊的黎明

夕阳如歌

千里信笺

串起

你我守望的泪

枫叶　风中飘零

思念也纷纷跌落

铺成一条　忧郁的河

城郭横断

天涯的近处哟

夕阳如美丽的歌

叙述

梦呓的传说

寂静的夜里

你推开窗

一定能听见

我深情的呼唤

和遥远的凝视

别再让泪

沾湿衣襟

冬天正洒下晶莹的雪花

作为春天

我们相逢的祝语

河流·泪流

绿苔的石

缘于远古流淌的河流

漫长的抚摸　让激情

成为一粒生命

在绿色的定义里

蓦然回眸

梦里的姑娘

如九月雁歌声起的河风

沿河道卵石的足迹

飞向南方一片无雨的晴空

那尾蓝色的鱼

被水波轰然一击

灵性与傲慢也轰然倒塌

射向预先设好的屋垒

蛰居不起

恋人说
孤独串起季节的散步
季节才串起孤独的泪水

这河流
这铺满了纯洁的卵石
蓝色的清淡的水的印象
犹如我梦醒后苍鹰般的孤独
即使　我再多的泪水也
被残破的翅膀　晃晃荡出
梦幻
就从心灵的过道里
慢慢渗透河流

飘雪的日子

飘雪的日子
思念叩开我的房门
纯净的冬雪
把我满怀心事埋入大地
我的手指冰凉如水
捂出哭声的衣襟
已开始轻轻淌泪

有一场风
从我独坐的黄昏开始流浪
它也许明冬才能到达
你居住的那个遥远的平原

我的发丝已经有野草
静静地萌芽
它安静地在另一场大雪中

不声不响地拔节

而我只能守望
这个飘雪的日子

如果有梦

梦如果真是有四季的话

三百六十五个日子　应该

每个日子都是幸福的代名词

春水从晓风残月的杨柳岸边

淌进夏天　六月的阳光

打算为绯红的秋日

我的回程照亮道路

路边萧索的草丛里

总有叽叽叫的虫子

把晶莹而纯净的冬雪

洒遍驻足的院落

你整个冬天都驻足的院落

在旧年最后一个夜晚

我才从梦里醒来

而滂沱的泪水啊

却早已淌成一汪春水了

寂寞星辰

——录冯飞诗一首

一

寂寞的星辰
照亮我悸动的冥想
我不让凄怆与我共享
那刻骨的忧伤

二

牵一场痴迷
在年少中游梦
一阵秋风中
盈满你忧郁的目光
我走的时候
怎么已将你遗忘

三

在心灵的轨迹上

我还期待你的碰撞

却又关闭每一处忧伤

你碎心的声响

不再跌进我的心房

错　过

就让我从夜里

从这条踏走星辰与阳光的道路上

缄默所有的足音

春风里　我没有错

东风里　你没有错

去年盛开的豆菊

再一次以同样的姿势开放

从它的身边悄悄走过

满身的花香

在我四周吟哦

就只保留这半份记忆吧

雪冬中　让我叩开柴扉

在熊熊的炉火边

蜷伏整个冬季

忘掉白桦林

忘掉小河滩

忘掉我们

忘掉我们曾经错过

错过

永远追不回的这首歌

守候诗句

纵然岁月

可以洗淡心情

而那背影啊

永远是一道樊篱

倘若真爱

一定要以残梦注释

那么情缘

只能以离别的泪水

做凄婉的记忆

割不断殷红的情愫

走不出

倾注了生命的雨季

无法守候

也无法舍弃

只好用一生的岁月

去写一行

守候舍去的诗句

背　影

在你的足音后面

在你的长发后面

在你熟悉的背影后面

我拾捡你曾经无意洒落的花季

我的视线开始模糊

而我的呼吸从此潮湿

给我一个微笑

给我一个眼神

给我你最丰富的美丽

我贴在蓝空的太阳

在我有生命存在的一天

它每天

都唱给你一支　新生的歌曲

我的胸膛已长出绿蔓

攀着血液在体内尽情疯长

在有雪花的冬季

我呼出的气体

拨开了遮天的层云

可以吗

就让我顺着你的背影

捧着太阳行走

走出孤独

独饮一份孤独
点燃一盏灯火
关上窗户
也走入一份沉默
一个人的世界
品味不出美丽
便是过错
一扇窗户
只有一抹阳光

轻轻推开　还有
艳阳　云彩　蓝天
孤独可以独饮
也可以走出
总之
停留是一种痛苦

泪亦沧桑

沉重的　是踽行的步履

苍凉的　是孤寂的心灵

远山相隔啊

每一次回望

都湿遍太多太多的沧桑

没有阳光

也没有欢歌可以轻轻吟唱

感伤是脚下的路

陪我走遍每一次凄凉

哦……

用什么去哭泣

用什么去悲伤

在什么时候

才能够相拥而泣

任思念的泪

不停地流淌

流淌的　是凝眸的热泪

停泊的　是飘零的残梦

远山相隔啊

每一次相逢

都伴随太多太多的伤痛

没有言语

也没有喜悦可以掩藏

感伤是脚下的路

陪我走遍每一个海港

哦……

拿什么去铭记

拿什么去梦想

在什么时候

才能相拥而泣

任思念的泪水

不停地流淌

流浪的情歌

　　——为赠梦霞而作

　　　小河水依旧轻濯你的足

　　　依旧映照你美丽的容颜

　　　它却不知道

　　　还有另一串脚步已经遥远

　　　孤寂的夜里

　　　无数次点亮想象

　　　想象我们重逢于巴山夜雨里

　　　相顾无言　只静静地

　　　守住西窗

　　　让别离的轻歌诉说

　　　我们时光与生命中的

　　　思念和忧伤

　　　天边只剩下一颗星星

　　　我认定

那是你专为我点燃的一盏灯

伴我在异乡流浪

据守在思念的边缘

隐匿是很困难的事
月亮的镰刀它把我的身体
割成干裂的碎片
覆盖在屋顶的表层

我行走在水的边缘
流水最终要流向大海
我一次次提问
我一次次否定
承诺丢失了
真理还守在船沿打捞
光辉已开始蔓延

海鸥衔住云雾
盘旋　飞翔
还要抵达归家的方向

礁石已让海浪

苍老而又年轻了许多

在这水的边缘

细沙埋住了双手

浪头毫不犹豫打湿

一切渴望

归隐的路断成几朵云

开始漂泊

通往吻痕的路边

就是据守的

思念的边缘

阳光穿过手掌

你能看见我眼中那点星光
透过优美的阳光
小心地穿过你的手掌吗

一月的玫瑰已在冬天开放
我们斟满两杯
湛蓝的啤酒
在有阳光的街道上
拉住所有向后的目光
温暖我们

最寂寞的台阶
连同积雨堆成的灰尘
我的手掌把它缓缓
推进
一口看不见的深井

鲜艳的阳光

穿过我有力的手掌

一粒星光深入你的眼中

冉冉升起！

北部情诗

一

羊群牦牛或者野马

或者粗山疏野

喂养大的汉子

不用遮挡阳光的黍草

只凭一道热辣如闪电的目光

可把你水做的骨肉摄去

二

山歌震动过岗的虫雀

双脚扣住冰冻的石道

姑娘

他们从森林里扛着猎物

在你家的后院歇息

你家有水吗

三

他们勇敢地迎接自然的挑战
却腼腆地躲避爱情
实在躲不过
就逃进村外的火堆里
逃进自酿的烈酒里
逃进打来的野味里

四

我没那么幸运
家里剩下的一匹马
躺在草丛里睡觉

秋 夜

（2007 年 10 月 17 日　曲城）

一些雨在午夜滴落窗沿

冷风从窗的缝隙也钻进来

应该是秋天　在试探我柔弱的

体温

虽然寒冷时来时去

我却看见小镇之中有人感到温暖

这些秋雨却孤零零的没有语言

那些秋雨也滴过前街的屋檐

屋檐下的姑娘

抚摸胸膛花开的声音

也许天气太过潮湿

花骨朵上的露珠好似晶莹

灰蒙蒙的秋天回到去年

我在山前小溪看见过她

那是黄昏　姑娘正在洗涤春天

她的手上拿着我黑色的窗帘

暮秋的阳光

——写给那些在远方的兄弟

秋是季节的成长　或者是轮换

嫂子总固执地把秋当成

聚会即将开幕的前奏

沾着汗味　走得气喘吁吁的书信

是赠给家人的入场券

嫂子等待聚会开幕

同行的人却在远方

暮秋的阳光

灿烂而温暖地洒在麦地

绿油油的叶子　被土地滋润得

像十八岁含苞欲放的女子

嫂子坐在地边的石头上

把自己想象成一朵

这羌寨里　人人喜爱的羊角花

采摘的人却在远方

阳光不只照耀麦田
在隔着无数的山水外
脚手架也是它　不偏不倚爱的
对象
哥哥的汗水　闪着晶莹的光芒
泪水也被生拉硬拽出来
谁让秋天的高空这般深蓝
谁让秋天还有婵娟
把人遗留在远方

暮秋不止有阳光
还有皎洁的　李白笔下的月光
白天离去
还要在寂夜
让麦苗不停地生长
想看的人却在远方

故　原

夏花挽住藤蔓缠绵的手

再约上绿树与蓝天

为故原洁白的画板铺上绚丽的

底色

山鹰在夏雨之后的彩虹下

看见亲人们描绘的精彩的油画

妹妹在蝉鸣声声的树荫下

织出酱紫的桑花　粉黄的菜花

父亲拌匀了汗水和雨水

把黝黑的土地锻造成金色的绸缎

母亲缠绕袅袅的炊烟

围绕山川遥远的轮廓

而我可爱的儿子

泡在明净的溪水中

睁开他黑色清澈的大眼睛

为图画增添阳光幼稚的灿烂

五月　流淌幸福的季节

一

南方飞回的一群鸟雀　排着杂乱
的队列
叨着这羌寨最美的春色
从一场积雪覆盖过的插旗山下
飞过
遗忘下越过山谷　夹着汗水气息
的晚风
吹拂开的花香　吹拂开的草绿
以及我早出晚归守候耕耘的土地
四月之后的五月
父母眼中最美的季节

二

玉米的姊姊妹妹穿着新衣
麦穗的兄兄弟弟荡着笑意

把坐落在土地中央的老屋
挨得严严实实
盘山公路上装满肥料的拖拉机
吭哧吭哧把靠在槐树下
父亲的美梦吵醒

　　　三

夕阳打着哈欠挤进窗台
拉长母亲在厨房里忙碌的身影
我五岁的儿子瀚墨
因为无法满足的要求而号啕大哭
被闪烁的阳光擦去满脸的泪珠
兰花把清郁的芳香
吐满我堆满粮食的阁屋　还有墙
边泛黄的书页
不管我在笔下怎样故作的忧伤
还是妻为保持青春而描画淡妆
五月已经拉开初夏的门扉
在暗香涌动的时节
还有什么不可以遗忘

错　误

有一种过往叫美丽

有一种苍凉叫遗憾

有一种缘分叫错过

有一种充实叫等待

所有的黎明我会歌唱

所有的黑夜我会冥想

所有的悲伤已被抛弃

所有的日子

我都回想那个季节

会不会是我们必须经过的

错误

羌山秋韵

我的脚步正深入秋天的泥土
喉管里呼出的音符
正为我的民族做丰收的伴唱
沙朗　也即锅庄
迅速以秋天的月光把我拥抱
帷幕里
我可以安然入睡

秋天被我故乡的姐妹
诠释成一道命题
每演习一次　就有一次比
她们青春还美丽的结果
这个季节注定久蕴的情感
要在羌山的蓝天上
做缠绵的鸟瞰

在歌声四起的原野
在绿亦绯红的林间
是谁让少女用羞涩的衣裙
挽住陶醉沉迷的秋天

宁静而高远的是我的影子
生长了稻谷与麦香的土地
让两声纯净如水的雁啼
探询出路
它们去了南方茂密的椰林
而故乡
却紧靠太阳每天休憩的地方

晶莹正从妹妹的眼里缓缓成熟
被秋天染成剔透饱满的果实
相互依偎拥抱
故园的秋水已悄悄消退
而我的栀子正在做童年的梦

从秋天的红叶里穿越
我早已是青春少年

思　念

冬雪留恋初春的欢颜

把渝江碧绿的波浪

冻得萧索无语　美丽的妻

你拥着儿子和思念的肩

在水鸟时飞时落的江边

来来回回的脚步　踏疼

夕阳原本婉转的歌声

我候鸟般的影子

始终还在异乡晨暮的上空盘旋

希望的收成鲜艳夺目

你还需寂寞地等候

我还要携带汗水停留

向上飘落的雨滴

（散文诗集萃）

没有错，我们走过的每一段路，都将成为往事。日子在黄昏稀释成如水的记忆，我手中的这支吹了一生的芦笛，只为某个遥远的下午，不被荒芜的一生浸湿，滴雨的山路上，我没有滴出鲜血。

唯有如此，我的诗歌才能在冬天的冰湖上同企鹅一起舞蹈！

——题记

1

生命是一首永远传唱的恋歌，秋天就在心中一页一页地感动音符。

2

流云定格不是静止的，而是痛苦的后撤。

3

在碎石路上，我等待黎明的到来，却丢失了唯一一个静寂的夜晚。

4

土地，你给了我生的力量，而我最终也要与你做永恒的拥抱。

5

村庄的炊烟已升起，牧羊的孩子在山坡下远望栅栏，不回归不行啊！

6

脚步的声响不会改变的，我的心却成熟了许多。

7

能与风做伴的，生命已凭空耗费了许多血液。

8

我真想留披肩的长发，那样我就可去远方流浪。

9

抽象的永恒不存在的！唯一能做的，是把握每一个心灵颤动的日子。

10

有缘与无缘，中间只相隔两颗心的距离。

11

太阳下面，不要流泪好么？要不，我们怎样去风雨兼程呢？

12

童话里，每个生命都实在而生动。

13

距离比相遇美丽得多，因为等待往往能让人懂得珍惜。

14

该分离时平静地分离，该相聚的时候平静地相聚。

15

世界真的很小，你昨日梦里传唱的歌，今天已溢满我小小的房间。

16

河水奔向大海，河沙不停寻找理想的居住点。

17

没有激情与痛苦时，他的心灵已开始苍老了。

18

屋檐滴雨时，另一个季节已经绽开了笑容。

19

石墙较之砖墙，不同在于它的自然朴素。

20

相信爱吧，它能温暖整个世界。

21

童年快乐，是因为它还没有经过痛苦的洗礼。

22

到达永恒的道路只有一条，实实在在过好每一天。

23

每过一个日子，不是成长了一天，而是离死亡越近了一天。

24

爱情需要痛苦的蜕变，才能获得新生。

25

有一句话，应该用心说，而不该用口说。

26

母亲，无论我以怎样快的脚步，都走不出你的眼里。

27

我太疲倦了，父亲，让我在你怀抱里甜甜地睡一觉吧！

28

如果开始就是过错，能不以泪水为结局吗？

29

尝试给别人快乐，自己也一定会快乐的。

30

留下背影比留下记忆更让人值得怀念!

31

就让我们手拉手,从曾经走过的小路上再走一次,相遇使我们的心更近一层。

32

别再让泪沾湿衣襟,冬天正洒下晶莹的雪花。作为春天,我们相逢的祝语。

33

别让我的目光抬高,我的心还在流浪。

34

枫叶飘落,却找寻不到我的脚痕,我已在另一个地方歌唱。

35

光明与黑暗联系在一起,假如这世界全是光明。黑夜比光明也许更值得赞叹。

36

你在人群中行走,人群挡住了我的目光,我却还要继续寻找。

37

不是所有的低头,都是自卑,你见过沉甸甸的稻穗吗?

38

在你的窗外，秋虫的铃声陪我来来去去。

39

大雁南归，是不值得赞美的，雪野上的狗尾巴草，才有自豪。

40

炽热的阳光下面，我真想是一棵茂密的树。你就躲在里面乘凉吧！

41

水嘲笑冰的僵硬，正如冰嘲笑水的柔弱。

42

不仅要看到露珠的晶莹，还要看到霜花的纯净。

43

不学无术的人，总要用虚伪夸张的言语和外套来为自己的脸面壮胆。

44

我在果园中劳作，所有的阳光都为我歌唱。

45

别再送别了，我们的路途都很遥远。

46

诗人最瘦弱，因为他的激情让诗歌一口口吞没了。

47

不爱一个人的人，他爱的是整个人类。

48

过早匆匆拉开爱的帷幕，喜剧也得用悲剧来谢幕。

49

在你面前我拘束地笑笑，而你的笑比阳光还灿烂，一扫我心中的忧郁。

50

痛苦一定是幸福的起点，也许还不是痛苦的终点。

51

那个晴朗的午后，我的口哨声引得你回头，要不我们怎么会相识呢！

52

远行者的脚步已从门前跶跶过去，孤独者，却还在夜的阴影里徘徊。

53

歌者，丰收的欢歌留给大地还是留给农人。

54

晨雾升起时，太阳也升起，但只有阳光照耀我们走向黄昏。

55

该得到的不一定能得到，该失去的一定要失去。

56

一个人走在道路上，道路也是寂寞的。

57

没有绿草，大地是苍白的。

58

别人成功时，可以羡慕，却不可以嫉妒。一旦嫉妒，就遮住了前进的心路。

59

只能选择耳与眼时，我会毫不犹豫地选择眼睛，只有眼才能把世界拥进心里。

60

美是人人向往的，但仅仅为了美丽而向往，人就变得愚蠢了。

61

丑小鸭可以变成白天鹅，蛤蟆无论如何也变不成天鹅。

62

亲情让人萦怀，因为它纯如溪水，没有半点杂质。

63

失望缠绕于无尽憧憬之上，犹如失败了停歇在成功的台阶上。

64

阳光变暖了，那些陈旧的往事就翻出来晒晒吧！

65

我在树林里低着头走路，你的声音从林的尽头传来，我转身想从来时的路回去，却发现道已长满荆棘。

66

小河的流水依旧濯你的足，它不知道另一串脚步已经遥远。

67

我该上路了，为我准备的光明你已经送来了。

68

别为过去的黑夜伤心，相信黎明总有温暖。

69

"月亮为什么要与星星做伴？"

"太阳的光辉太耀眼了！"

70

结局是过程，过程才是结局。

71

海水是咸的，是由于它经历了太多的苦难。

72

我举着这盏明灯站在门口，你能找到回家的路吗？

73

峭壁是陡的，到达顶点才是英雄。

74

拥有时生活太沉重，一旦失去，生活却太空虚。

75

智者和疯子的语言是同一个意思。

后记

写给芦苇飘飘的天堂

· 冯飞

1

千佛山的霞光，从云层洒播下来，将燕子垭的那一片羌山装扮得唯美梦幻。羌寨耸立的石垛斑驳耀眼，与远山的积雪相映生辉。两岔河的云朵或浓或淡，铺卷在山涧，成片的芦苇随风飘荡，随轻雾弥散，整个羌山浸透着宁静与空灵。

我们的老家就世代居住在这里，青山堡的燕子垭。

2

爸爸在北京空军部队服役八年，转业后成了一名乡村教师，在离家八十多里地的小坝乡的村小教书。母亲在姐姐三岁的时候怀上了我们，爸爸教书时只得带上姐姐，每到周末用背篓背着姐姐，走八十多里的山路，凌晨才能回到家。妈妈怀着我们的时候特别笨重，还得挣工分。据外婆说当时妈妈走路都看不到脚，做农活很多时候都需要跪着。算算指头再怎么也是我们应该来到这个世界的时候，我俩藏在妈妈的肚皮里却没有动静。按我们羌寨的风俗说法，吃了百家饭就会生下来。外婆便端着碗去村寨的乡亲家里讨要些饭菜，不幸被上寨子刘家的狗给咬了，再后来感染了，在床上躺了半年才慢慢能够走路。妈妈吃了外婆找来的没完全凑够百家的百家饭后，终于有了要生产的动静。

弟弟的出生是与众不同的。

我和弟弟出生在中秋节的前一天，因此我们的生日非常好记。现在看来我和弟弟小时候画蛇添足在大门背后用木炭歪歪斜斜写的"双双八月十四生日"纯属多余。妈妈生我们也充满惊险，发作了一天，把妈妈疼得要死要活的，但就是没有生下我们。爸爸和三个舅舅用竹子绑成简易的床，再铺上棉絮，准备把妈妈抬到区卫生院去，还未走出寨子，又抬回了家，不久我便来到这个世间。而弟弟的出生，意外之惊，意外之喜。我生下来以后，妈妈肚子的形状没有大的改变，外婆觉得很奇怪，难道还有一个？

虽然疼痛，妈妈也感觉到肚里还有胎动，但一直就生不下来。外婆接过很多生，非常有经验，连忙叫大舅把打猎用的火药枪拿来。火药枪是用一个弯木做枪把，长长的钢管做成枪管，大舅手忙脚乱地装上铁砂，再装上火药，把枪伸在床下，"砰"的一声巨响后不久，弟弟就来到这个世界上。弟弟生下来时面色青紫，两嘴紧闭，没有哭声，外婆赶忙抱起弟弟进行呼气和吸气，许久后弟弟才有了"哇哇"的啼哭声。

小时候，常听大人们讲起这段历史，弟弟和我都很好奇，为什么要在床下打一枪呢？我们羌寨几乎每家每户都有一支火药枪，每逢上山打猎、迎亲嫁娶这种"盛大"的时刻，都会鸣枪助阵。而外婆让大舅在床下打一枪，肯定是想用枪声驱走邪魔，迎接我们的降生。

3

妈妈生了双双的事被乡亲们议论了好久。虽然原来也有人想到妈妈挺着大肚子有可能会是双胞胎，但同样挺着大肚子的人也很多，却都只生了一个。当时的医疗条件是不可能做孕期检查的，更别说打B超。我们的出生，特别是弟弟的意外出现给家人带来莫大的欣喜。姐姐生于冬天，有文化气息的曾祖父给她起名叫冬梅，让人想起"凌寒独自开"那首诗。当然我和弟弟的名字曾祖父也是煞费苦心，在苦思冥想后的某一天灵光闪现，"维政"和"维权"，这名字寄托了祖辈多大的期望啊。

每当羌山晴空万里，我和弟弟就躺在松软的草坪上，看着雄鹰从山的那边飞来，在寨子上空盘旋着，越飞越高，越飞越远，最后变成一个小黑点，渐渐消失。而我们年少的梦想也随着雄鹰飞翔着，梦想着山外的世界有多大，有多美。在我们独立思想萌动后，都对自己的名字不甚喜欢，爸爸知道我们梦想如雄鹰般飞翔后，欣然同意将我和弟弟的名字改成冯飞和冯翔。弟弟对他的名字异常喜欢，而我的改名却受到了阻力。曾祖虽已故去，但祖父坚持至少一个孙子要沿用他起的名字，于是弟弟改名成功，而冯飞却成了我的备用名。

"天空中没有翅膀的痕迹，而我们已经飞过。"我们童年的梦想，依然在羌寨上空盘旋，飞翔……

4

幼年时，我们的家境十分清寒，吊脚楼四处透风，夜里躺在床上就可以看到满天星斗。贫困的生活使妈妈的奶水严重不足，爸爸只得托战友从河北买来米糊给我们吃。不到一岁，妈妈得做农活，我被送到只相隔一个寨子的曾祖父家，由八十岁的曾祖父带我，而弟弟则由外婆带着。这是我和弟弟人生中的第一次分离。

大约一年以后，我们快两岁了，曾祖父辞世。因为家庭的实际困难，爸爸放弃了已经在中心小学教书的待遇，调回我们三坪村第二小学当教师，我就被爸妈接了回来，又和弟弟生活在一起。

妈妈至今还在说，我们兄弟俩在一起的时候，我吃完自己的饭总是去抢弟弟的，玩耍不赢就按着弟弟啃上一口，所以觉得我有些"讨厌"。说起来，兄弟姐妹间发生一些小小的争执再正常不过了，很多人都曾有过相似的经历，但是现在每每回想，我心中都隐隐作痛——原本我应该对他更好一点。

5

我们的家乡青岗堡处在千佛山脚下与湔江河之间，这里是连绵起伏的群山。春天，漫山遍野的山花竞相开放；夏天碧树成荫，溪流潺潺；到了秋天枫叶红透，把整个山林渲染得如童话一般；冬天则是飘飘洒洒的雪花漫山飞舞，整个山谷都是银装素裹一片。

青岗堡是一个明显有着"战争痕迹"的地名。北周武帝天和元年（566）置北川县，县治所就在家乡附近。明朝时汉人与羌人用兵，在北川境内修筑关、堡、墩、台等军事防御设施，家乡所在地便被命名为"青岗堡"。从青岗堡沿一条叫两岔河的小河上行，走出两座大山形成的深涧，里面犹如世外桃源，山里有山，山形一层一层折叠上去，形成很多平整的平台，因此就叫三坪村。我们家就住在叫燕子垭的地方，这是一个有很大聚落的寨子，寨子都沿着悬崖次第修成，错落有致。

家乡是我们童年最美的游乐场，我和弟弟在清澈透明的小河里游泳，在翠绿的竹林里放牛，在长满野草莓的山坡上追跑笑闹。山里珍藏着数不尽的好东西，我们在山上打竹笋，摘野生的猕猴桃。每到秋天，我们兄弟俩便搭着木梯，用长长的竹竿将一树树的酸枣敲落下来，用清水洗净，在冬天的暖阳下晒干，再把家里的玻璃酒坛搬来，将枣子一粒粒放进去，掺上寨民们自己烤的玉米酒，不久就会变得黄澄澄的，成了自酿的"酸枣酒"。父母做农活回来，累了，我们就给父母斟上两杯。尽管日子清苦，在昏暗的油灯下，看他们喝着澄黄通透的酒，屋子里飘散着怡人清香，那是一天中最幸福最快乐的时光，那情那景一生都不会忘怀。

6

1982 年，我们上小学，自然在爸爸的教鞭下读书。家里到学校有一条开凿在悬崖上的山路，从上面看下去，深不见底，丢一块石头下去也要很久很久才能听到回声。不过这对我们来说不算什么，我们照样在悬崖上飞奔嬉戏。

父亲对我和弟弟管教非常严厉，当别人家的孩子还在睡懒觉的时候，我们兄弟俩就踩着露水，牵着牛读书。若有犯错，我们都会被惩罚。弟弟从小脾气就倔强，无论父亲怎么打他，他总是不肯求饶，而我则在痛打的过程中改变立场，换来父亲些许的奖励。

读书的日子是快乐的，我们总是早早帮妈妈做完家务，然后从爸爸的油漆木桶里翻出他的藏书，快乐地沉浸在美丽的新世界里。弟弟和我的成绩都非常好，从村小四年级考中心小学的五年级，很多同学都会落榜，拿着一纸小学肄业证，开始重复祖辈们刀耕火种的生涯，而我们兄弟俩却以非常优秀的成绩考上了北川民族中学。

上了小学五年级，我和弟弟的座位挨在一起，由于长得太相像，老师怎么也分不清楚。于是爸爸想让我们分班，一个五（1）班，一个五（2）班，弟弟和我都不同意。经过一番协商达成的一致，是我俩同班而不同桌。

班主任李萍老师待我们非常好，但也有头疼的时候。因为五（2）班的向国是我们村的，他有癫痫病，总被班上的人欺负，弟弟一看见就会上去帮向国撑腰，和那一群算是"街道上"长大的"街娃"乱打一通。我当然也和弟弟一道，但弟弟比我更加勇猛，而且总是一副"敢作敢当"的样子，李老师对他真是"爱恨交加"。批评归批评，批评过后，私下又常常为我俩开些小灶。现在，也不知李老师身在何方，地震后就一直没了她的消息。

7

1987 年，弟弟和我都上了北川民族中学，他在一班，我在三班，放学以后才能又在一起。在父亲的教导下，我们兄弟俩从小学一年级就开始练习钢笔字和毛笔字，弟弟的领悟力更强些，毛笔字写得特别好，深得语文老师的喜爱。教他语文的蒋老师和教我语文的彭老师常常给我们找很多书看。每次学校举办作文比赛，弟弟的作文都会获奖，同学们称他为"小诗人"。

从我们出生开始，我的身体就比弟弟好。初二那年，弟弟开始时常流鼻血，父母节衣缩食，带他到处求医问药，跑遍了北川、安县、江油、绵阳，他的病情还是时好时坏。为了这场病，弟弟休学了，我们兄弟俩开始了人生中的第二次分离。我一个人孤独地在民族中学完成学业，而弟弟边在家休养看书，边帮父母放牛，同样孤独地看着天空的雄鹰飞翔，期待身体的进一步好转。

1990 年，我考上了绵阳的中专学校，对于我们这样的山寨家庭，这真是一个特大喜讯。而弟弟的病也基本痊愈，在曲山初中开始了他的插班学习。重新读书的弟弟成绩在班上永远是第一，做了班长，做了校团总支书，在写作上也有很大进步，很多少年文艺杂志开始发表弟弟的作品。但弟弟的这些荣耀在爸爸眼里并不是很值得骄傲的事，爸爸最大的期望是弟弟能好好读书，将来考上中师或中专，写作在爸爸看来属于

"不务正业"，他也扔了不少弟弟的作品。爸爸在乎的不是诗和词，那与妈妈做的萝卜丝丝和洋芋丝丝一样无关风雅。弟弟的梦想备受打击，不过他调整得很快，以优异的成绩考上了四川省盐亭师范学校。

"青春之所以让人铭记一生，在于它深刻的内涵，沉甸甸的情感和丰美的过往。"这是 1995 年弟弟第一本诗集《蓝鹰草》付梓之时我所作的后记里的一句话。弟弟考上师范以后，更多的精力和热情投入到文学和书法中，很多报纸杂志采用他的文学和书法作品。我们兄弟俩虽然分别两地，却依然有着深厚的感情。每一个寒暑假，弟弟回家之前，都会先行绕道到我工作的部队上，我们总有说不完的话，聊不完的故事。赶上比较空闲，我们就一同去游武侯祠、杜甫草堂，还去书店买很多很多的书。爸爸妈妈时常说我俩，吃穿都舍不得，就舍得买书。

8

外婆最疼惜弟弟和我，当然，我们也非常爱外婆。弟弟和我都是"匪头子"，总免不了父亲的"暴力惩罚"。外婆虽然年事已高，但每每在最关键时刻，她就——用我家渲渲染染流行的话说，就是"像奥特曼一样"——把弟弟和我从危险的境地救出来。外婆逝世的时候，我在北京出差，没能为她送终，这是我一生的遗憾。弟弟也非常悲伤，把外婆埋葬以后，自己关在屋子里，哭着一两天不愿出来。

弟弟从师范毕业后分到了坝底乡通坪村，离家有几十里地，而且不通车，每次都要走几个小时的山路。每个周五，天都黑透了，弟弟才能回到家里，周日下午又依依不舍地回学校去。爸爸妈妈都说我和弟弟还是有一些不同的，譬如弟弟比我更恋家。读书的时候他就想家，想爸爸妈妈，他写给家里的信上常常能看到泪滴落在字上的印迹。而我好像要好些，也许是比弟弟更早独立在外求学的缘故，及至后来到成都工作，一年里回家的次数就更少了。家里的很多事情，都是弟弟寒暑假在家帮着干的。

弟弟结婚以后，有了瀚墨小宝贝，由妈妈帮他照看。妈妈有风湿病，弟弟心痛她，生活上替她想得非常周到，床铺上的棉絮铺得厚厚的，暖暖的，每天晚上弟弟还要给妈妈倒热水泡上药暖脚。妈妈常说弟弟的心是最细腻的，过去说的时候，一脸欣慰的微笑，现在再说起来，只有满眼泪花。

9

乡村村小的几年艰苦生活给了弟弟非常好的磨砺，他以扎根山寨教书几十年的爸爸为榜样，全身心扑在教学上，他们村小破天荒地在全中心校考试中拿到了第一，而在业余时间，他完成了四川师范大学汉语言文学专业专科的自学考试。

通坪山寨的父老乡亲喜欢他，每逢过年过节，总会把他请到家里，用乡民们最朴素的方式来表达感激之情。一到春节，寨子里的人就纷纷拿着红纸来请他写对联，带回去欢喜地贴在门框上。而那些需要家神榜的乡亲，则会举行一场庄严的仪式，为他研好墨，铺好纸，由他在上面写上子民对"天地君亲师"祭祀的字，然后是燃香、烧纸，把家神榜郑重地贴在神龛上。

弟弟从通坪村小直接调到坝底镇中心校做教务主任。在坝底的那几年是弟弟生命中最幸福的年岁，他结婚了，不久生了可爱的儿子瀚墨。教书工作在他的主持下蒸蒸日上，他教的很多学生都考上了北川的最高学府——北川中学，这是他最值得骄傲的事情。他的汉语言文学本科自考也即将完成。我每一次回老家，都要开车去他的学校，我们一起到镇上的羌寨小店，炒几个炒菜，就着几盅羌寨用玉米酿造的美酒，再呼来一群朋友，喝得不亦乐乎，兄弟俩一起叙叙旧，再醺然入梦。

到了冬天，放了寒假，弟弟会带着小墨墨回到山上的老家，和父母杀年猪，备年货，就期待着我带爱人和宝贝回去，一家人其乐融融，共享人生最美好的团聚时刻。

那时候是他创作最为丰沛的时刻，他用业余时间写了很多文章发表，他时时说墨墨的奶粉钱就是他一个字一个字堆出来的。即使在家休息，他也睡得很晚，在灯下写文章。爸爸担心他的身体，太晚了就把电闸给拉了，弟弟也不气不恼，打着手电筒继续写下去。爸爸说，"真是拿你没有办法，你对写作咋这么入迷。"

每当作品发表，弟弟会第一时间通知我，和我分享他的欣喜。邮局的人时常开玩笑说，冯老师，你的稿费都抵得上工资了。弟弟总会嘿嘿一笑，说哪里哪里。

2004 年，弟弟借调到北川县委宣传部，做《绵阳日报》驻北川记者站的记者，后来又做了记者站站长。创作的激情在他心中日益澎湃，他说，他要写一部关于我们羌民族历史的长篇小说，我很支持他，问他需要什么，他说他想用用我的手提电脑，这样写作方便些。当时，手提电脑还不像现在这么普及，我便把我的联想昭阳笔记本给他送了过去，他用电脑开始了小说构架的设计。此后由于工作太忙，停滞了一段时期。2005 年他对我说，哥哥，我不能给自己拖下去的借口，我要沉下心来好好写。他很多文学界的朋友也给了他极大的支持。

墨墨喜欢我的车，每次去都要坐坐，然后对他爸爸说，我们什么时间也和伯伯一样有一个小车，放假好回山上看爷爷婆婆，骑摩托好冷哦。弟弟就对墨墨说，等爸爸把这书写好了，就用稿费给你买一个，到时我们就可以回去看爷爷婆婆。

二十余万字的关于羌族历史风情的长篇小说《策马羌寨》在弟弟边工作边写作边修改的情况下慢慢完成了第一稿。2008 年 5 月初，时任北川羌族自治县县委书记宋明先生看了作品的初稿，非常欣喜，当即拨专款并请宣传部安排专门的时间，让弟弟能加快作品的修改，力争在当年的羌历年（农历十月初一）出版发行，以期北川厚重的羌民族历史和绚丽多姿的羌民族风情能为更多人知晓。5月11日，宣传部派人和弟弟在绵阳科技大楼购买了打印机等写作和日常用品，准备5月12日下午2点用专车将弟弟送到漩坪乡一个停用的木材加工厂潜心写作。

10

5月12日的成都，初夏的太阳静静地照着大地，中午我在成都给妈妈打了电话，她刚刚从燕子垭山上坐客车到北川。妈妈和爸爸每周都换着到县城去给弟弟带娃娃。饭后稍稍午休一下，上班到办公室后的人都还没有从昏昏慵慵中清醒过来。突然觉得房屋开始轻微的晃动，再晃动，大家都在疑惑中的时候，房屋开始剧烈抖动起来。不知道谁叫了一声："地震了！"大家开始从办公楼跑出去，大街上到处都是人，大地依然不停地在颤抖、晃动，到处是房屋垮塌的声音和人们惊恐的叫声。我对同事说，北川肯定惨了，我老家就在地震带上。然后开始拨打北川所有亲人的电话，完全打不通。城里所有的铺面都拉下门来，人们争相跑到城外开阔的地方，满街的车，满街的人。我和妻艰难地冲出重围，到幼儿园把女儿接到。除了成都交通台，没有其他任何信息。到了下午，知道北川是重灾区，伤亡惨重，但高速已封，无法回去。晚上十二点，高速终于开通，我便组织通过电台联络起来的北川老乡，飞一样地向故乡奔去。

5月12日的北川县城，人们依然过着本是平淡的生活。因为是星期一，妈妈早晨从山上坐车到县城，开始了一周带瀚墨的工作，弟弟上午则到县委大楼的办公室收拾东西，为下午的出行做准备。中午弟弟下班，墨墨放学，一家人都围在桌上吃着妈妈早已烹饪好的饭菜。饭后墨墨读书去了，原本打算下午14点走的车辆因为临时有事，改在2点20分在曲山老十字口见面。2点20分左右，弟弟收拾好东西后，刚走下五楼，又接到司机陈云大哥的电话说再等几分钟。弟弟想了想，又回到家里，详尽地嘱咐妈妈他不在家期间的各种注意事项，电咋关，气咋开。就在此时，大地开始颤抖，弟弟把妈妈拉进卫生间躲了起来，一阵天崩地裂的摇晃，震天动地的巨响伴着浓烟笼罩着整个县城。当弟弟牵着妈妈从窗口爬出去，爬到刚好堆积到五楼的废墟上时，看到北川县城完全改变了模样。王家岩崩塌下来，将北川县城最稠密的老城区掩埋了一半。

11

弟弟把妈妈安排在一个相对安全的地方，和幸存者们一道开始救人。当得知曲山小学被埋后，他一边救人一边往曲山小学跑，去寻找他的儿子冯瀚墨。弟弟后来告诉我，当他凭着记忆找到曲山小学位置时，除了那棵标志性的皂角树和一些被冲得七零八落的儿童游乐玩具，曾经的曲山小学已不复存在。只有极少数的孩子幸免于难，瀚墨和他的几百个同学，永远地长眠在北川的那片土地里。而我们的二姨、三叔、表妹等无数亲人和朋友，也被埋葬在这里。

5月13日凌晨，当我们的车队从成都赶到安县的永安后，因为管制无法继续前行，只好下来走路向曲山方向行进。走了几十里的乱石路到达经北川擂鼓镇时，已是清晨六点。姐姐家的房屋全都倒塌了。而那夜老天不长眼，下着冷雨，吹着寒风。我在姐姐家前面搭的塑料篷里找到了避难的姐姐，姐弟俩抱头痛哭之后，得知姐姐家人都平安无事，姐夫已到县城找妈妈，于是我们又开始向县城进发。一路上全是满身灰尘、惊恐逃难的人群，路边是被山石砸坏的汽车和遇难者的遗体。那是怎么样惨烈的场景，无法用语言来形容。在靠近县城的凉风垭，终于看到弟弟和姐夫搀扶着妈妈步履维艰地走来。相顾无言，唯有泪千行。弟弟抱着我，说："哥哥，墨墨没有了，墨墨没有了，墨墨被埋了。"

5月15日，弟弟带着从成都组织的两车药品，再次回到北川。向组织报到后，弟弟领承了一个艰巨的任务——带领部队进入他曾经工作的坝底乡。地震后原有的道路完全损坏，且余震不断，任何道路时时都有塌方的危险，弟弟带领部队穿越密林悬崖，整整走了一天一夜，才到达坝底乡。乡亲们看到弟弟就拉着他的手哭起来，弟弟在坝底教书很多年，和那片土地和那方人有很深的感情。在完成部队的带领和乡镇的统计数据后，弟弟冒着生命危险又走了一天一夜回到县城，给县指挥部汇报情况。那以后便是没日没夜的抗震救灾工作，弟弟他们就像浮萍一样，天天住在帐篷里，从北川中学的任家坪搬到擂鼓镇。由于平时一直以来的优异表现和在抗震救灾中的英勇行为，弟弟被提拔为北川县委宣传部副部长。做了副部长的弟弟比以前工作更忙了，有做不完的事，安排不完的活。那一时期我时常回北川去看他，他说他忙得什么也顾不上想了，这样也好，他就没有时间去想墨墨，没有时间去想他埋在北川中学的二十多个学生，没有时间去想那么多逝去的好友、亲人。

12

他们的办公地点从擂鼓搬到了安昌。弟弟在重建党工委的512室办公。媒体接待、记者采访、带领人员到北川废墟上去拍照、视察、参观、游览，成了他很长一段时间里固定的工作。再后来，他作为灾区宣传系统代表到中宣部汇报工作，到井冈山参加学习，被评为省抗震救灾宣传先进个人，一切一切都很忙碌。10月，我将在绵阳的一套四居室收回来，送给他住，这样他工作生活都会方便些。2009 年的春节，因为要陪电视台拍纪录片，我提前回到山上老家，大年三十给他打电话，他说他正在县城的废墟里……然后就是一阵沉默。大年初一，弟弟终于回到山上，初二是爸爸的生日，大家团聚在一起喝酒，但再怎样心里都是苦痛，大家都默默地流着泪，为那些逝去的家人，为埋在县城的墨墨。

这样一直忙忙碌碌的，就到了墨墨八岁的生日。我和弟弟一起去望乡台，望着那沉寂的废墟，把带来的蛋糕和墨墨喜欢的小玩具，放在望乡台那燃烧着的纸钱里。这一年的清明，弟弟仍然在老县城负责媒体接待，满县城都是悲伤，每一个人都装满悲伤。他没有任何闲暇的时刻，进废墟，到北京，编《回望北川》书籍，写文章……在他身上，全是忙碌、憔悴和那内心深处无时无刻不在的悲伤。

13

在这部《风居住的天堂》里，收录了弟弟 20 岁时的诗集《蓝鹰草》、他创作和发表过的散文、诗歌、小说。这里面包含着他少年时纯真的诗篇，收藏着他与故乡山山水水一起成长的过往，对故乡和亲人的热爱，记载着他那些曾经拥有又终已逝去的幸福恬淡的日子，更铭刻着地震后他悲苦的心路历程。

《风居住的天堂》是一首隽永的诗篇，有着无尽的甜蜜，苦痛，爱恋和悲哀。

我现在最怕听见《风居住的街道》这首曲子，它会将我拉回到2009 年 4 月 20 日的清晨，那个一生都不能忘记的日子，一生都不能忘记的场景。弟弟是一个文人，他很善良、很细腻，他对故乡充满深深的眷恋。他也有他的血性，在经历了失去儿子和亲人那刻骨的悲痛、家园湮灭那深沉的绝望后，当一些残酷的现实与纯真的理想不相容的时候，他改变不了这个世界，就用自己的方式改变了自己。

弟弟就这样决绝地走了，再深的亲情，也无法挽留他去往天堂的脚步。在内心深处，我也无数次地恨过他，恨他为什么要做这样的选择。怨过他，怨他怎么舍得拆开我们这么好的同胞兄弟，让我一个人独自在这世间做断翅的飞翔。

但我非常理解他，他是一个纯美的人，追求着精神上的纯真。是看淡了，看倦了，看清了。是累了，是厌了。于是选择了一别万年，将自己埋在皂角树下，完成了与儿子墨墨团聚的心愿。

冯翔走了，弟弟走了，永远不再回来了。从他走后到现在，我还是痛苦地支撑下来。他的嘱托我一定做到，把父母赡养好，用我的肩膀，挑起属于我们的担子，好好走下去。我是他在这个世间的影子，我陪他一起看每一轮朝霞，每一抹夕阳。

14

弟弟的作品首版能由长江文艺出版社出版，是缘分，是幸运，也是幸福。

2009 年 9 月初，为弟弟的作品出版事宜，我第二次来到北京。我一直有一个信念，一定要让弟弟的作品出版，出好，才对得起他的挂念。当时没有选择其他有意向的出版社，一是因为长江文艺出版社在业界的美誉，更是因为出版界"金黎组合"的声名如雷贯耳。当我拨通金丽红老师的电话时，还是有些忐忑不安的。当金老师听说我是冯翔的哥哥冯飞时，非常亲切，问我在哪里。我说我在北京，就住在和平里大酒店。金总说她过酒店来，我非常感动，怎么能让金老师亲自过来呢？我说我到社里来拜见金老师您。从和平里到位于三元桥的长江文艺出版社北京图书中心不是很远。金老师很和蔼，非常关心我的家人和家乡。不久黎波社长也过来了，他看起来同样亲切和热忱。我向金老师和黎社把情况叙说了一遍，他们说："即使我们的出版计划再紧张，冯翔的作品，我们一定郑重地接过来，把这两本书做好。""金黎组合"果然雷厉风行，当天下午就将出版合同签定下来。

除了感动，还是感动。谢谢编辑刘莉小妹，谢谢杨仙小妹。编辑刘莉小妹是四川人，2010年春节专门将样书带回四川，我们一起沟通和商量与出版有关的诸多事宜。

2010年5月7日上午，"爱，可以改变一切——冯翔遗作首发式暨义卖启动仪式"在新华文轩成都购书中心举行。长江文艺出版社、绵阳市委宣传部、绵阳文联、绵阳作家协会、北川县委宣传部、北川县广电局、北川县文化旅游局等相关负责人参加了此次首发仪式。各大媒体对冯翔的遗作出版给予了深度报道，在社会上引起了强烈反响。

谢谢长江文艺出版社。

15

冯翔遗作《策马羌寨》和《风居住的天堂》能够顺利出版，我怀着无比真诚的心情感谢以下诸位：

感谢北川羌族自治县委前书记宋明先生；

感谢北川羌族自治县委前书记陈新春先生；

感谢北川羌族自治县委前副书记、经大忠县长；

感谢你们对冯翔遗作出版所给予的极大关心和支持。

感谢时任北川县委宣传部韩贵钧部长，一直对冯翔遗作的出版给予指导、支持和指正，更感谢韩部长给予我家人的关怀，以及对我如兄长般的挚爱。

解放军出版社张晋生张总、余彦隆老师与我两度在成都会面，商议作品《策马羌寨》的出版事宜。中国青年出版社的宋秋云老师亲自来函，希望能出版冯翔的所有日志。人民文学出版社的脚印老师、周昌义老师给予宝贵的出版建议和意见。作家出版社懿翎老师、林金荣老师给予的所有支持，青岛出版社的许昭华先生给予的帮助，在此表示一一感谢。

16

时光一去，不复返。

转瞬间，"5.12"汶川大地震十周年祭即将到来，冯翔离开我们长眠曲山小学的皂角树下也快九年整了。

北川老县城的废墟上树木郁郁葱葱，曲山小学皂角树下开满鲜花。美丽的新北川巍然屹立，巴拿恰步行街人声鼎沸，灾区旧貌换新颜，人民幸福安详的生活。

血与泪的历史怎么可能轻易忘记，我们忘不了那些离去的人，那些悲伤的事。

2016年春，四川人民出版社社长黄立新先生、文学出版中心张春晓女士非常关心关注冯翔遗著的再版事宜，在著名作家安昌河先生的引荐下，冯翔两部遗作《策马羌寨》和《风居住的天堂》最终回归四川，由四川出版界声誉隆厚和实力强大的四川人民出版社再版发行。

为了对得起这两部冯翔用生命写就的羌族历史华章，我们真诚地邀请到当代著名作家、陕西省作家协会主席贾平凹先生亲笔为两部作品题写书名，四川省作家协会主席阿来先生为《策马羌寨》作序。

相信这两部凝聚了无数人关爱和情感的遗作的再版发行，会进一步颂扬羌民族的发展历程，讴歌灾区人民的奋进重生。对宣扬北川，宣扬羌民族，增进我们羌民族的文化自信，对北川羌文化的发展起到极大的推动作用。冯翔两部遗作由四川顶级出版机构再版，也是绵阳文学界、北川文学界的一大盛事，也将成为"5·12"汶川大地震十周年祭奠最浓墨重彩的一笔。

此次能够顺利再版，感谢所有关心冯翔，记住冯翔的朋友：

感谢安昌河先生。

感谢四川人民出版社黄立新社长。

感谢四川人民出版社文学出版中心张春晓女士、王其进先生。

感谢北川羌族自治县文广新局郭志武局长。

感谢北川羌族自治县委宣传部李东部长。

感谢北川羌族自治县瞿永安县长。

感谢北川羌族自治县赖俊书记。

感谢著名作家、四川省作家协会主席阿来先生为冯翔遗作作序。

感谢著名作家、陕西省作家协会主席贾平凹先生为冯翔两部作品题写书名。

17

原乡就在那里，故土就在那里，洁白云朵环绕的羌寨依然还在那里！所以多才质朴的冯翔和他瑰丽的作品才像羌山天籁一般把世人深深打动！

18

　　修改完这篇洋洋万言的文章，天际已微微发亮，九年之后又一个不眠夜过去了。我还是和以往一样，在这个夜里，仿佛陪着冯翔，重新走过了所有欢乐、幸福的往昔，把再次揭开那隐隐疼痛的伤口又合上。

　　我和弟弟一脉所系，永远不可分离，不论是过去、现在还是将来。

冯飞

2010 年 1 月 27 日凌晨 3 时 48 分于成都

2017 年 12 月 22 日凌晨 4 时 03 分修改于成都